Cafe drømme

Anine Thomsen

Cafe drømme

Historieperler fra livet som cafeejer

Omslag: Anine Thomsen

Forlag: BoD – Books on Demand, Hellerup, Danmark

Tryk: BoD – Books on Demand, Norderstedt, Tyskland

ISBN: 9788743034315

Forord

Jeg har en historie om iværksætteri, jeg gerne vil fortælle og dele med dig som læser denne bog. Historien handler om en ung kvinde, der starter sin egen cafe på Nørrebro i København. Hun oplever både medgang og modgang i livet som initiativrig cafeejer. Mange mennesker krydser hendes vej og venskaber opstår og ebber ud.

Kvinden er mig. Historien er min og jeg fortæller den her som små historieperler på en snor. Jeg ønsker at give et indblik i hvordan livet som ung kvinde, iværksætter og cafeejer kan se ud i virkeligheden. Jeg vil gerne dele ud af de erfaringer jeg har fået med mig på min iværksætter-rejse som begyndte i 1998 og sluttede lige inden 2006, blev til 2007.

*

Indhold

Forord 7

Intro 11

Juicedronningen i Rantzausgade 16

Akvariefisken og de utilregnelige 20

Juiceklubben 24

Alkoholbevilling og navneskift........................... 28

Mojn 30

Mikrobryg bølgen 33

Provinsbyen Rantzausgade og omegn................. 36

Spillestedet Tjili Pop 40

Tjill-arti 43

Jazz og Jam... 46

Godt nytår!... 49

Goddaw do! 52

Op på hesten igen 56

De lokale outdoor-alkoholikere 61

Stort brød 64

Gravid! 67

Opbrud.. 70

Nabolokalet 73

Opskriften på succes 75

Vinværket 79

Galleri på tværs.. 82

Goddag og farvel.. 85

Fra sidelinjen 91

Søndagsbrunch 95

Gang i den 100

Over and out 103

Efterspil... 107

Intro

Jeg havde flere gange kigget ind igennem de store vinduer til butikslokalet i den lille forretningsgade Rantzausgade på Nørrebro i København. Jeg havde endda været derinde da det var secondhand tøjbutik, men det var inden jeg overhovedet fik fornemmelser for lokalet. Dengang var jeg lige flyttet til København, hvor jeg boede i en fremlejet lejlighed som lå ud til Nørrebro Parken. Rantzausgade var bare en smutvej inden om den brede og trafikerede Åboulevarden, som jeg tog når jeg cyklede til og fra de jobs, jeg havde på forskellige cafeer i indre København. Senere flyttede jeg ind i en andelslejlighed, som lå der hvor Åboulevarden bliver til Ågade. Kun et stenkast fra Rantzausgade.

Inden jeg flyttede fra Sønderjylland til København, boede jeg et par år i London. Efter jeg var flyttet ind i lejligheden på Ågade valgte jeg at fremleje den for at vende tilbage til London. Her var jeg faldet for deres pub-kultur og traditioner, der handler om at mødes på pubben fremfor hjemme i privaten. Jeg oplevede pubben som en form for fælles dagligstue, hvor man kunne hygge sig alene eller sammen med andre. Den var omdrejningspunkt for uformelt samvær, selskaber, søndagsfrokost, tv-sport, livemusik og quizaftner. Pubben var åben for alle. Her kunne man komme ind når man havde tid og lyst. Det krævede ingen invitation eller særlig aftale ligesom til private sammenkomster. Mens jeg boede i

London, arbejdede jeg som "barmaid" på nogle af disse pubber og jeg kunne rigtig godt lide den hyggelige stemning, imødekommenheden og fællesskabet, som var til stede her.

I England er de fleste pubber ejet af bryggerier, som så ansætter en manager til at drive den enkelte pub. I de pubber, hvor jeg arbejde, satte managerne en ære i at være gode værter og drive et ordentligt og professionelt sted. Jeg blev oplært i at yde et højt serviceniveau og god kundebetjening samt have et godt kendskab til de øl og andre produkter, der blev solgt i pubben. Jeg befandt mig rigtig godt med pub-arbejdet og begyndte at drømme om på sigt at blive manager for "min egen" pub og skabe det gode, hyggelige mødested for lokale og andre forbipasserende.

Der lå flere bodegaer i Rantzausgade, men ikke nogen der kunne erstatte de hyggelige pubber, jeg kendte fra London. I København var det cafelivet, der mindede mig mest om hyggelige og uformelle mødesteder a la engelske pub's. Et af de steder jeg oplevede en god stemning og følte mig nogenlunde hjemme, var Floras kaffebar, der lå på Blågårds plads. Dog syntes jeg at den lå lidt for langt væk fra min lejlighed på Ågade til at være "mit" lokale mødested.

Så da secondhandtøjbutikken lukkede og butikslokalet i Rantzausgade blev ledigt, prøvede jeg at få lokalpolitisk opbakning og økonomisk støtte til at etablere en ungdomscafe i lokalet. Et sted hvor unge, primært i tyverne (på min egen alder) kunne mødes, hygge sig og lave forskellige aktiviteter og events. Det var dog uden held og lokalerne blev lejet ud til anden side. Her åbnede en alt-mulig-butik, der solgte alt fra computere til knappenåle og vaskepulver.

Min ide om at åbne en ungdomscafe i Rantzausgade var vokset sammen med drømmen om at få min egen pub og havde givet mig blod på tanden til at "gøre det selv". Så da lokalerne blev for små til alt-mulig-butikkens voksende og yderst mangfoldige udvalg og den derfor flyttede til større lokaler var min fornemmelse for lokalet stærk. Nu skulle min drøm om at åbne min egen pub i form af en cafe realiseres. Cafeen skulle være mit bud på en fælles dagligstue og et hyggeligt åndehul. Et sted hvor folk følte sig velkomne. Ligesom jeg kendte det fra de engelske pub's, men nu med mig i værtsrollen.

En god ven hjalp mig med at lave en kortfattet forretningsplan (vi gik mest op i layoutet). Med den i hånden søgte jeg om et lån på kr. 100.000 i banken, hvilket jeg fik. Herudover havde jeg selv en mindre opsparing til at skyde i projektet. Opsparingen bestod af alle de feriepenge jeg havde optjent mens jeg arbejdede som bartender på Oslobåden i halvandet år. Jeg sagde farvel til, en sjov og skøn men også hård og lærerig tid på Oslobåden sommeren 1998. Gik i land for at starte min egen cafe i butikslokalet på Rantzausgade 28. Jeg var naturligvis i tvivl om mange ting omkring hvordan man starter en cafe. Men jeg besluttede mig for at kaste mig ud i det og så få svarene undervejs.

Jeg havde kontaktet udlejeren, underskrevet lejekontrakten og så var jeg klar til at realisere drømmen om min egen cafe. Jeg havde ikke lavet en detaljeret beskrivelse af, hvordan jeg ville gøre det. Jeg gik bare i gang…

Jeg fik hjælp af mine mange gode og søde venner og deres venner, som alle hjalp med at istandsætte og indrette butikslokalet. Vi havde det sjovt og hyggeligt, mens vi malede, byggede og forvandlede lokalet om til min egen cafe. Lokalet var nok hvad en ejendomsmægler ville kalde et rigtigt håndværkertilbud. Den fem etagers ejendom, lokalet lå i var for at sige det rent ud noget gammelt, slidt, ikke vedligeholdt bras fra år 1897. Men jeg var lykkelig og lod mig ikke slå ud af lidt rådne gulvbrædder og mangelfulde, uautoriserede el- og vvs-installationer.

Det meste af min startkapital gik til at betale depositum for lejemålet og få el- og vvs- arbejdet lavet ordentligt af autoriserede håndværkere. Jeg havde derfor ikke mange penge tilbage til at indrette cafeen. Så jeg måtte tænke kreativt, finde alternative løsninger og brugt inventar. Jeg kunne godt lide at lave gør-det-selv arbejdet og bl.a. finde ud af hvordan jeg kunne bygge en bar for næsten ingen penge. Jeg fandt ud af at man kan komme rigtig langt med spånplader, en stiksav, skruer og noget selvklæbende folie.

Efter at have knoklet på med at istandsætte, indrette og indhente diverse tilladelser kunne jeg åbne min helt egen cafe i august 1998.

*

Juicedronningen i Rantzausgade

Jeg var godt nok ikke gammel nok til at få en alkoholbe-villing, men tænkte "pyt med det". I april 1999 ville jeg fylde 25år og dermed være gammel nok til at få alkohol-bevillingen. Indtil det skete, ville jeg bare! starte med at åbne en alkoholfri juicebar. Så kunne jeg senere udvide sortimentet med øl, vin og spiritus. I juicebaren vil jeg sælge sunde hjemmelavede juices, kaffe og sandwich. Den fik navnet Juice Bazar.

Inspirationen til at åbne en juicebar havde jeg fra Oslo, hvor jeg havde set en juice-og bagel-bar, der virkede som en stor succes. Der var i hvert fald altid mange kun-der, når jeg kom forbi og det gjorde jeg jævnligt, mens jeg arbejdede på Oslobåden. Som bartender på Oslobå-den havde man fri i dagtimerne og mine kollegaer og jeg havde derfor mulighed for at gå i land og spise frokost, shoppe og lege turister, mens båden lå til i havnen fra den ankom kl. 9:00 til den sejlede igen kl. 17:00.

Umiddelbart havde juicebølgen endnu ikke ramt Kø-benhavn. Vi var tre der åbnede hver vores juicebar i Kø-benhavn. På samme tid og uafhængigt af hinanden. Vi mærkede da også pressens nysgerrighed og positive omtale. Der var bl.a. et billede af mig under overskriften "Juicedronningen i Rantzausgade", på en spiseseddel for Jyllands Posten. Inde i avisen var der en stor og fin artikel med overskriften "Mens hun venter på en bevilling". Under et stort foto af mig, der skænker juice op i høje glas, stod følgende: "Juice Bazar er sat i stand for små midler, men fremstår som et farverigt og hyggeligt indslag i Rantzausgade, der ellers hælder mest til beværtninger i bodegastilen."

Jeg forsøgte at få det bedste ud af den manglende alkoholbevilling. Jeg deltog på nogle helsekurser for at få viden om urter og andre sunde ingredienser, jeg kunne bruge i de forskellige juices. Jeg eksperimenterede også med at blande gurana pulver i dem for at give dem et ekstra sundt kick med antioxidanter og energi. Herudover brugte jeg super sunde, men også super sure tranebær som pynt på hver eneste juice for at understrege, at det var sunde juice lavet af naturlige ingredienser, jeg serverede.

Sortimentet i Juice Bazar bestod udover juice også af et mindre udvalg af kaffe. Dengang hentede den Københavnske kaffescene inspiration fra Frankrig og deres cappuccino og cafe au lait. Det nyeste var at servere cappuccino i glas og mælkeskummet skulle være let og meget luftigt. – Cafelatten var der ingen der havde hørt om dengang! Menuen bestod bl.a. af "Tysk pølseplatte" og en sandwich med hjemmelavet pesto, kalkun og bacon chips. Det var nok ikke så helseagtigt med chips i en sandwich, men det smagte faktisk ret godt. Jeg havde ikke selv mulighed for at stege bacon til sandwich, da der kun var plads og råd til et lille anretter køkken i kombination med baren.

Butikslokalet i Rantzausgade bestod af et stort lokale, der var slået sammen med et mindre lokale. Alle med store vinduespartier ud til gaden. Det store lokale havde jeg indrettet med en bar, siddepladser og toiletter. Det lille lokale ville jeg bruge som galleri for nye og up-coming kunstnere. For jeg ønskede at give folk med kunstner-drømme et sted at udkomme. Umiddelbart ville jeg ikke være smagsdommer omkring, hvem der var gode nok til at udstille deres værker. Hvis de brændte for det de lavede og selv kunne stå inde for det, var det godt nok til mit lille galleri. Min plan var på sigt at udvide galleriet til også at sælge bøger, brugte møbler og vin. Jeg ville også gerne holde "scenen er din" arran-gementer, hvor folk med noget på hjertet havde mulig-hed for at optræde og underholde med musik, oplæs-ning, gøgl og lignende.

Alle jeg kendte hjalp mig ved at reklamerede for Juice Bazar til alle dem de kendte. De kom og bakkede mig op ved at hænge ud, smage på mere eller mindre heldige juice eksperimenter. Enkelte hjalp mig bag baren. De forsvandt efterfølgende næsten alle en efter en. For jeg var helt opslugt af at drive min Juice Bazar og havde ikke øje for at pleje vores venskaber, som derfor lang-somt og udramatisk ebbede ud.

Der var enkelte lokale som tog Juice Bazar til sig. De kom jævnligt ind for at hyggesnakke, drikke kaffe, juice og spise lidt mad. De blev mine første stamgæster og det var rart at mærke opbakning fra andre, som også søgte og savnede et lokalt samlingssted.

Udover Juice Bazar havde jeg deltidsjob som "madmor", hvor jeg lavede frokost, først i en børnehave og senere i et reklamebureau. Det sikrede at jeg havde penge til at betale huslejen på min lejlighed samt de fleste andre få faste udgifter og at jeg ikke var afhængig af Juice Bazar, der var en noget forkølet indtægtskilde. Jeg tog først på arbejde og bagefter tog jeg til Rantzausgade for at holde åbent i min egen cafe.

På et tidspunkt havde jeg, udover jobbet i børnehaven, også et deltidsjob om natten i en kantine for taxachauffører. Her lavede jeg natmad i form af smørrebrød og æggekage til dem, mens jeg hørte natradio og stegte bacon i microovnen. Det var egentlig et meget hyggeligt job, men det overlod ikke meget tid til søvn. Den detalje havde jeg ikke fokuseret så meget på, da jeg søgte jobbet. Det var mere de ekstra penge på kontoen jobbet ville give....

Jeg havde ikke meget tid til andet end arbejde. Jeg satsede benhårdt på drømmen om min egen cafe og var villig til og indstillet på at satse stort set alt, for at holde liv i cafeen. Jeg ville ikke blive gammel og være bitter over, at jeg aldrig udlevede drømmen om min egen cafe.

*

Akvariefisken og de utilregnelige

I de cafeer og restaurationer, hvor jeg havde arbejdet, var der ofte meget travlt. Jeg havde derfor slet ikke overvejet, at der i opstartsfasen kan være meget stille og nærmest "døde" dage. Jeg havde forestillet mig travlhed fra første åbningsdag og fordi jeg ikke havde været forberedt på den minimale kundestrøm, havde jeg lavet aftaler med div. leverandører om levering af varer – mange varer: masser af mælk, brød, frugt. Det meste blev til min store undren ikke solgt! Hvor blev alle gæsterne af - nu hvor jeg havde åbnet en cafe og stod klar til at traktere og servicere med juice, kaffe, pølseplatte og bacon chips med hjemmelavet pesto.

Jeg følte mig indimellem som en akvariefisk, når forbipasserende kiggede ind ad de store butiksvinduer. Ind i min mennesketomme cafe, hvor jeg stod og blomstrede. Jeg ville gerne signalere til de nysgerrige forbipasserende, at forretningen gik godt. At jeg havde nok at se til og blot havde en stille stund. Inden det igen strømmede ind med gæster. Men sandheden var, at jeg følte mig rastløs, frustreret, fanget i kedsomhed og lidt flov over, at mit sted ikke emmede af travlhed og succes. Indimellem satte jeg mig ned på gulvet bag baren. Så ingen kunne se mig og jeg kunne holde en pause fra at spille her-går-det-godt-rollen.

Udover venner og bekendte var nogen af de gæster, der i starten fandt vej ind i min cafe, nogle "utilregnelige", der søgte opmærksomhed, varme og grænser. De utilregnelige var en blanding af alkoholikere, stofmisbrugere og psykisk syge. De kunne være ekstremt opmærksomheds krævende, ubehagelige og løgnagtige. De havde svært ved at forstå, at jeg ikke var så interesseret i at snakke med dem, når de nu kunne se, at jeg ikke havde noget at lave. Eller andre at snakke med. Jeg syntes, det var svært at håndtere de utilregnelige. For jeg var jo oplært i at yde et højt serviceniveau og god kundebetjening til forskellige typer gæster. Men de utilregnelige faldt udenfor kategorien af almindelige cafegæster, som kom ind, fordi de ønskede at hygge sig og få en god oplevelse. De satte mig i et svært dilemma. Jeg havde behov for at sige fra og de havde behov for at blive set og hørt. Jeg lod dem oftest udnytte min venlighed og dræne mig for energi. Fordi jeg havde medlidenhed med dem. Eller fordi jeg følte mig truet af dem og fordi jeg ikke kunne overskue det drama, der ville opstå, hvis jeg sagde fra.

Jeg blev heldigvis aldrig udsat for fysiske overgreb, men det krævede indimellem mod og store psykiske anstrengelser, at få en utilregnelig til at forlade min cafe i god ro og orden. Jeg havde også svært ved at afvise dem. Da jeg på den ene side gerne ville sende et signal til de forbipasserende om, at der var gæster i min cafe. Mens der på den anden side var der stor risiko for, at den utilregneliges tilstedeværelse ville skræmme dem væk, hvis de kom indenfor.

Jeg fik efterhånden en del erfaringer med de utilregnelige og blev, hvis jeg selv skal sige det, ret god til at spotte en. Jeg oplevede, at nogle gæster og ansatte syntes, jeg var for hård og for hurtig til at sætte foden ned overfor de utilregnelige og venligt men bestemt afvise dem. Men jeg orkede ikke at blive udsat for mere pis eller fiduser. Jeg havde efterhånden hørt så meget nonsens, at jeg var overmæt og ikke kunne rumme mere.

Et af medlemmerne i udkanten af de utilregneliges klub var en ung kvinde, der kom rigtig tit - som i flere gange om dagen tit - mens hendes søn var i børnehave længere nede ad Rantzausgade. Hun bestilte juice og mange portioner fra snack-menuen "baconchips med den gode hjemmelavede basilikum-pesto". Pestoen var tilsat rigeligt med hvidløg, hvilket gjorde, at hun stank ekstremt meget af hvidløg og derudover blev hun grøn af basilikum mellem tænderne. Der var som sådan ikke noget ondt i hende, men hun var bare virkelig insisterende på at få opmærksomhed. Hun snakkede og snakkede og snakkede, mens hun spiste og basilikum fordelte sig mellem hendes tænder. Efter en halv time med hendes selskab på den anden side af baren, var jeg helt udmattet og følte at alt kraft var suget ud af mig. Jeg tror egentlig bare, hun var meget ensom og ude af balance, men hun prøvede så hårdt at være elskelig, hvilket gjorde at det blev ekstremt kvalmende omklamrende.

Det kan jo også være, at hun følte, hun gjorde mig en tjeneste ved at komme og peppe min hverdag op. Ved at underholde stakkels mig, der stod der i min tomme og kedelige cafe...

*

Juiceklubben

For at skabe et forum, hvor jeg kunne lave forskellige arrangementer, stiftede jeg juiceklubben. For jeg elskede at være værtinde, planlægge forskellige arrangementer og samle folk. Juiceklubben hørte til under Juice Bazar, men arrangementerne skulle ikke nødvendigvis holdes her. Jeg startede med at lave 70 medlemskort og fik afsat en del af dem til mine venner og bekendte. Som medlem af klubben fik man rabat på billetprisen til arrangementerne og man tilmeldte sig til mig i Juice Bazar. Jeg sørgede for at det hele spillede, så gæsterne kunne hygge sig og få en god oplevelse - ofte med et kreativt twist.

 Det første arrangement bød på vinsmagning og desserter med alkohol. Arrangementet blev holdt på en nystartet restaurant som lå på Frederiksberg. Jeg havde fået aftalen med restauranten, fordi jeg kendte ejerens søn. Han var uddannet tjener og hjalp ofte sin far i restauranten. Jeg havde lært Tjeneren at kende, fordi han var en af de første stamkunder, som tog Juice Bazar til sig. Han kom jævnligt forbi og vi snakkede godt sammen, fordi han også kendte til og brændte for arbejdet i restaurationsbranchen.

Arrangementet blev holdt en lørdag aften og der var 20 juiceklubmedlemmer, som deltog. Tjeneren stod for vinsmagningen. Jeg stod for de alkoholiske desserter, der blandt andet var Jägermeister soft ice og frugtgelé shots med vingummibamser og vodka. Efter vin og dessert-smagningen blev vi hængende og købte øl, vin og drinks på restauranten, inden turen gik videre ud i det køben-havnske natteliv. På den måde kunne restauranten få en ekstra indtjening på salget af drikkevarer, som tak for at lægge hus til Juiceklubbens arrangement.

Jeg havde en skjult dagsorden med at servere de hjem-melavede alkoholiske desserter. Det var at teste, om folk kunne lide dem og hvad de syntes om ideen med at spise sig fulde i desserter. Hvis det viste sig at være en succes, ville jeg begynde at sælge dem i min Juice Bazar. Man må nemlig gerne servere alkohol, uden alkoholbevilling, når det er som ingrediens i madretter. På den måde kunne jeg tiltrække flere og nye gæster. Dem der mødes på en cafe eller bar, hvor de drikker og hygger sig, inden de går videre i byen. Alkohol-desserterne skulle gøre det til en særlig og sjov oplevelse at mødes og starte byturen på Juice Bazar. Jeg spurgte derfor de juiceklub-medlem-mer, som deltog i arrangementer, om de kunne forestille sig at skifte øl, vin, drinks ud med alkoholiske desserter. Tilbagemeldingen var, at der var der ingen der kunne. De syntes alkohol-desserterne var et sjovt indslag, men ikke noget der ville revolutionere den traditionelle gå-i-byen-kultur. Jeg må erkende, at jeg var enig med dem. Der var grænser for hvor mange frugtgelé shots, det var sjovt at indtage. Så jeg lagde ideen med alkohol-dessert-kort og feststemning i Juice Bazar på hylden og holdt mig til det koncept, jeg allerede havde.

Det andet arrangement, jeg havde planlagt, var et "Pop-corn-Party". Her skulle deltagerne kunne opleve og smage popcorn, som de aldrig havde prøvet dem før! Og der ville være en præmie til det bedste popcorn-dress (hvad det så end var). Jeg var selv helt vild med popcorn og eksperimenterede indimellem med at lave forskellige varianter. Det gjorde jeg bl.a. ved at tilsætte krydderier eller farve, når jeg lavede dem i en gryde hjemme på mit komfur.

I Juice Bazar havde jeg jo kun et anretter køkken. Jeg havde derfor ikke noget komfur og dermed mulighed for at stå og kokkerere og lave popcorn i en gryde. Min plan var at holde popcorn partyet en lørdag aften. Et sted, hvor der var et komfur, jeg kunne få lov at bruge.

Et sted hvor Juiceklubben kunne få sit eget område eller hjørne, hvor juiceklubmedlemmerne kunne købe drinks, de kunne nyde sammen med mine popcorn. Jeg havde ikke overvejet, at det kunne være svært at finde et sådant sted. Men det var det. Popcorn partyet blev derfor desværre ikke til noget.

Det tredje arrangement var julehygge i Juice Bazar. Jeg serverede varme alkoholfrie drikke og julelækkerier i form af småkager og frugt og man kunne lave julepynt og udstille det i galleriet. Det var en rigtig hyggelig aften med masser af julehygge, julestemning og mere eller mindre mærkværdigt julepynt.

Selvom jeg var vild med at lave de forskellige arrange-
menter i Juiceklubben, var det også hårdt og tidskræ-
vende. Og det tog fokus fra mit arbejde med at etablere
min egen cafe. Jeg besluttede derfor at lukke og slukke
Juiceklubben. Det tredje arrangement blev derfor det
sidste.

*

Alkoholbevilling og navneskift

Jeg var umiddelbart ikke selv i målgruppen, der gik på juicebar. Derfor var det også svært for mig at brænde for at drive en. Men jeg brændte for at drive min egen cafe. Det var jeg jo i gang med og det kunne jeg rigtig godt lide. Jeg kunne bare ikke skabe den dagligstue stemning og hygge, jeg gerne ville og kendte fra de engelske pub's - uden salg af alkoholiske drikke. Jeg savnede at arbejde med noget, jeg gik op i og vidste noget om. I de engelske pubs lærte jeg en masse om øl. På Oslobåden var det drinks. Privat interesserede jeg mig for vin. Jeg kunne godt lide at sætte mig ind i hvordan den enkelte øl, spiritus eller vin var fremstillet og skulle serveres. Jeg nød at dele ud af min viden til gæsterne, introducere dem til nye produkter og fortælle historien om det og producenten. Det nemmeste var at give gæsterne en oplevelse ved at præsentere dem for et lille ukendt produkt eller brand. Men selv de største og verdenskendte brands og produkter var startet et sted og havde en, ofte glemt, god historie, der kunne fortælles.

Selvom jeg gjorde en ihærdig indsats, blev jeg ikke frugt- og sundheds-nørdet nok til at sælge juice med samme passion, som jeg solgte øl, vin og drinks. Det var derfor en stor dag og en kæmpe forløsning, da jeg fik en alkoholbevilling som trådte i kraft på min 25 års fødselsdag. For at markere at jeg ændrede sortiment og dermed også konceptet, ændrede jeg cafeens navn til Tjili Pop. Navnet

Tjili Pop skulle signalere, at her kunne man "chille out"
og pop var en omskrivning af det engelske ord pub. Jeg
syntes også, det var sjovt at kunne pirke lidt til folks fan-
tasi. Så de studsede over, hvad det var for et anderledes
navn og dermed sted. En veninde, der vidste noget mere
om branding end jeg gjorde, foreslog at jeg inkluderede
ordet cafe i navnet. For som hun sagde: "Ellers har folk
jo ikke en jordisk chance for at gennemskue, hvad det er
for et sted." Jeg tænkte, at det kunne folk godt finde ud
af, men lod tvivlen komme hende til gode. Så det blev til
"Cafe Tjili Pop". Jeg er glad for, at jeg lyttede til hende.
For hun havde helt ret.

Med alkoholbevillingen i hus kunne jeg udvide sorti-
mentet. Jeg beholdt dog enkelte hjemmelavede juices på
menukortet. Det gjorde jeg for at beholde en lille flig af
det fundament, jeg byggede min cafe på og fordi jeg
også gerne ville tilbyde mine gæster et anderledes alter-
nativ til alkoholiske drikke. Jeg lagde mine "ambitioner"
om at være sundhedsnørd på hylden og var lykkelig for
at kunne koncentrere mig om at skabe det sted, jeg
drømte om. Hvor jeg kunne servere drikkevarer, der
skulle nydes, skabe hygge og havde gode historier til-
knyttet.

*

Mojn

I starten stod jeg selv bag baren i hele åbningstiden, men efter noget tid fik jeg mod på at ansætte en, der kunne aflaste mig en gang i mellem. Jeg skulle jo også have tid til at lave skrivebordsarbejde, passe mit deltidsjob som madmor og købe ind. Trods alkoholbevilling og navneskiftet var salget af mad og drikke endnu ikke stort nok til, at det kunne betale sig for mig at få varerne leveret til døren. Så jeg tog til Inco i Kødbyen og købte ind og tog så en taxa tilbage med varerne. Jeg oplevede Inco som et gastronomisk paradis. Her var de lækreste produkter fra små niche producenter og velkendte produkter fra de største brands. Jeg kunne bruge lang tid på at udforske Inco's sortiment og de muligheder, de gav mig for fornyelse af mit menukort. Indimellem havde jeg en veninde med. Vi hyggede os med at snuse rundt mellem hylderne og lade os friste til at købe og smage al verdens forskellige produkter.

Jeg havde ikke mange penge til at betale løn med. Men hvis jeg skulle holde cafeen lukket for at lave de andre opgaver, ville der jo ikke være mulighed for at tjene penge imens. Jeg fandt ud af at jeg kunne ansætte en medarbejder med løntilskud. Det var en fin løsning. For på den måde fik jeg mulighed for at skabe et job til en, der manglede et, mens jeg opbyggede min forretning og indtjening, så jeg på sigt kunne udbetale løn uden at få løntilskud. Jeg havde umiddelbart ikke den store erfaring som arbejdsgiver og leder, men det tænkte jeg ikke nærmere over. Jeg tænkte at nu kunne jeg give et andet menneske mulighed for et job i min cafe og fordi jeg fik løntilskud, ville jeg gerne give en, der ikke havde erfaring fra restaurationsbranchen, en chance for at få foden indenfor. Jeg havde prøvet at lære nye op andre steder, hvor jeg havde arbejdet uden de store vanskeligheder. Nu erfarede jeg, at det er meget nemmere at oplære nogen, når der er noget at lave!

Stille og roligt begyndte der at komme flere gæster på Tjili Pop. Salget af mad og drikke steg, efterhånden som folk fik nys om stedets eksistens. Medierne ville gerne fortælle om både mig og Tjili Pop. Det gav meget og god omtale. På et tidspunkt bragte Politiken en fin omtale med tilhørende foto's i deres Ibyen tillæg. I løbet af aftenen kom der flere gæster end normalt ind på Tjili Pop. Nogle ankom endda i taxa, steg ud, gik direkte ind, kiggede sig nysgerrigt omkring og kom op til baren hvor de bestilte øl og sagde "mojn". Men man kunne tydeligt høre, at de ikke var fra Sønderjylland! Jeg var på arbejde og undrede mig over det store ryk ind og folk der sagde mojn. Jeg spurgte derfor en af gæsterne, om hvad der foregik. Hun fortalte, at de havde læst om Tjili Pop i Ibyen og fået lyst at besøge stedet, som blev omtalt som "et af Københavns mere besynderlige indslag i aften og nattelivet". I artiklen stod der også at "nogle kalder det for Sønderjyllands ambassade" (det havde jeg ikke hørt om før). Men ok, jeg var fra Sønderjylland og det var nogen af stamgæsterne og deres venner også. Så gav det store ryk ind og deres mojn mening for mig. Det var skønt, men også lidt mærkeligt med den pludselige og store interesse for mig og mit sted.

Efterhånden som jeg fik mere travlt, fik jeg brug for og råd til at ansætte flere til at hjælpe mig med at passe baren. De havde gerne et par vagter om ugen og studerede eller havde gang i andre projekter ved siden af. De var (næsten) alle ansvarsfulde, arbejdsomme og skønne medarbejdere, som passede godt ind og bidrog til den helt særlige, gode og hjemlige stemning, der var på Tjili Pop. De blev en del af Tjili Pop "familien" sammen med stamgæsterne, vores venner og mig. Vi hyggede os, havde et godt sammenhold og vi hjalp hinanden, når der var brug for det. Det kan godt være at det var min cafe, men det var vores sted. Stamgæsterne var rigtig søde til at træde til og give en hjælpende hånd, når der var travlt bag baren.

Jeg tror at Alt om København (aok.dk) ramte den ånd der var i og omkring Tjili Pop meget godt, da de beskrev stedet således: " Det lille sted i Rantzausgade er sådan et, som du ville ønske lå lige om hjørnet, så du kunne komme forbi hver dag og blive en af dem, hvis navn bartenderen kender og altid lige har en besked til, når de kommer ind".

*

Mikrobryg bølgen

I samarbejdet med Tuborg havde jeg fået installeret et fadølsanlæg i Tjili Pop og solgte Tuborg og Tuborg Classic på fad. Fra England var jeg vant til et mere mangfoldigt udbud af især fadøl, men også forskellige øl på flaske. Jeg kunne godt lide at en øl ikke bare var en øl. At der var forskellige typer og varianter og at det at brygge og servere en god øl var et håndværk, man dyrkede og værnede om.

Jeg blev derfor rigtig glad, da jeg opdagede, at der var kommet nye øl-leverandører, som gjorde det muligt for mig at få forskellige udenlandske flaske-øl på hylderne. Tjili Pops ølsortiment blev udvidet til ca. 30 forskellige flaskeøl fra hele verden. Udvalget spændte bredt - lige fra kendte brands som Grolsch og Sol til ukendte øl som Banana Bread Beer og Geuze Fond Tradition, som er en belgisk spontangæret øl. Herudover fik jeg mulighed for at udvide med flere fadølshaner og solgte nu også den tjekkiske Staropramen Dunkel og den Belgiske hvedeøl Hoegarden. Hoegarden blev hurtigt super populær. Den var noget nyt og andet, end den velkendte pilsnerfadøl. Frisk i smagen og så blev den serveret i store tykke, tunge og specielle Hoegarden glas.

Det danske ølmarked begyndte også at røre på sig. Jeg havde allerede øl fra velkendte og etablerede bryghuse på hylderne. Det var øl fra det sønderjyske bryghus

Fuglsang og Hancock bryggerierne. Siden fik øl fra Bryggeriet Refsvindinge og Ørbæk bryggeri også faste pladser på ølkortet. Der kom en bølge af nye danske mikrobryggerier. Den skyllede ind over landet og jeg tog imod med åbne arme. Mikrobryggerne var nyskabende, eksperimenterende ildsjæle. De satte fokus på, at ølbrygning er et håndværk. Jeg ville gerne støtte op om mikrobryg bølgen og sælge øl fra udvalgte mikrobryggerier i Tjili Pop. Mange af de små mikrobryggerier solgte kun deres bryg på små fustager, fordi det var for stort et arbejde at håndtere øl-på-flasker. Jeg fik derfor installeret en fadølshane dedikeret til mikrobryg. Her præsenterede vi så Tjili Pops gæster for rigtig håndlavet mikrobryg. Øllet på hanen skiftede jævnligt. Der blev kun brygget en meget begrænset mængde af den enkelte øl og mikrobryggerne bryggede sjældent den samme øl flere gange. De eksperimenterede med at udfordre traditionelle øltyper ved at tilsætte forskellige ingredienser så som chili, timian, lakrids og andre krydderier. Det var oftest mere kraftigt i smagen end andre øl. Man kunne nyde et glas eller to. Det var ikke noget, man kunne ikke bælle mange af. Det var ikke altid en nem opgave at sælge mikrobryg til gæsterne. Det var dyre end en almindelig fadøl og de fleste gæster ikke havde fantasi nok til at forestille sig, at en øl med chili eller timian eller andet var noget for deres smagsløg. Hvis de ikke var helt afvisende, tilbød vi, at de kunne få en lille smagsprøve og på den måde præsentere dem for en lille dråbe af mikrobrygbølgen.

Der var en lille gruppe af gæster, som gik målrettet efter mikrobrygoplevelsen. De kom jævnligt forbi for at smage hvad, der var i mikrobryghanen på Tjili Pop.

En øl var var ikke længere bare en øl. En øl gav identitet. Den viste omverden, hvem man var. Det sagde noget om en person, hvilken øl han/hun drak.

Efterhånden fik nogle af mikrobryggerierne fodfæste og voksede sig større. De begyndte også at sælge deres øl i supermarkeder. Jeg kunne godt unde dem deres succes. Men ærligt talt syntes jeg også, det var rimelig træls, at det ikke længere var forbeholdt steder som Tjili Pop og andre ølbarer der var skudt op, at det var her, man kunne opleve mikrobryggeriernes øl. Jeg styrkede derfor mit fokus på at sælge øl fra fad, da det var en særlig ting for et udskænkningssted. Det var også en reminder om, at det jo ikke bare handlede om, at man kunne købe en øl på Tjili Pop. Her handlede det om atmosfæren, den hjemlige stemning og at det var en fælles dagligstue, hvor folk kom for at hygge sig. – Det kunne man ikke købe i et supermarked!

*

Provinsbyen Rantzausgade og omegn

I den gamle ejendom hvor Tjili Pop lå, var der butikslokaler i stueplan og på de øvrige fire etager var der små toværelses leje-lejligheder. Lige ovenover Tjili Pop var der tre lejligheder. Da den ene af dem blev ledig, fik jeg lov til at overtage den.

I London fulgte der ofte logi med, når man arbejdede i en pub. Logiet var et værelse ovenpå pub'en som for det meste skulle deles med en af de andre ansatte (af samme køn). Jeg kunne godt lide at arbejde og bo det samme sted. Det var nok også derfor, jeg havde den fornemmelse, at pub'en var en form for dagligstue. For når jeg havde fri og ikke havde lyst til at opholde mig på mit værelse kunne jeg altid gå ned i pub'en og hygge mig med de andre ansatte og gæster. Nu havde jeg min egen cafe, som også var en blevet en fælles dagligstue og en lejlighed ovenpå. – Det var perfekt. Jeg kunne ikke ønske mig mere.

Rantzausgade blev som en provinsby for mig. Her var stort set alt, jeg havde brug for. Det var her jeg havde mit hjem, mit arbejde og mange af mine rigtig gode venner, som jeg havde lært at kende på Tjili Pop. Jeg kendte folk, der boede her eller lige om hjørnet. Vi havde tit nok i os selv og hinanden. Jeg bevægede mig derfor sjældent udenfor området i og omkring gaden. Det gik op for mig hvor lidt jeg kom ud, da jeg for en gangs skyld, havde bevæget mig helt ud! på Nørrebrogade og jeg pludselig følte mig som en turist. Jeg blev helt overvældet af de farverige butikker med tekstiler og tøj fra varmere lande, virkelig mange sharwama barer og mere eller mindre friske grønthandlere. Fodgængere, cyklister, biler og busser summede og susede forbi – sikke et kaotisk virvar! Jeg følte mig langt væk hjemmefra. Det var dejlig velkendt og rart at komme "hjem til gaden" igen. Sådan havde jeg det også, når jeg fik "provinskuller" og bare måtte udenfor Rantzausgades grænser for at se og opleve noget andet end den samme rare hverdag. Når jeg var til fest, koncert eller anden selskabelighed, kunne jeg pludselig føle en stor trang til at komme hjem til den nussede og brogede, men elskede gade. En god aften ude var oftest først perfekt hvis den endte hjemme i gaden, til en sidste omgang på Tjili Pop og hyggesnak med velkendte gæster, venner og personalet.

Hvis vi ikke var i humør til at slutte en festlig aften på Tjili Pop, tog vi ofte videre på Stengade 30. Det var vores hjemmebane, hvor vi drak store fadøl, gik til rockkoncerter og dansede med armene over hovedet til dj'ens musik. Dagen efter endnu en skøn aften på Stengade 30 vågnede jeg gerne, stadig med armene over hovedet og følelsen af "hold da kæft hvor jeg dansede for fedt i går" ….. hen på eftermiddagen gik følelsen mere over i "ok, så fedt dansede jeg måske heller ikke!". Det var dog lige indtil næste gang jeg sprang rundt som en skoldet skid sammen med de andre og spillede luftguitar til Song two med Blur, imens jeg ventede på at dj'en skulle spille noget med Cure eller Depeche mode.

Når jeg selv havde haft en aften- og lukke -vagt, fredag eller lørdag, var jeg ofte mere i humør til en velfortjent stille og rolig fyraftensøl efter en supertravl aften bag baren. Så tog jeg og aftenens sidste stamgæster videre på Renæssancen, hvor der næsten altid var et ledigt bord og man kunne høre hvad hinanden sagde!

Renæssancen var et herligt sted, der lå på Åboulevarden. Det var en rigtig gammeldags danserestaurant, hvor den ældre del af befolkningen gik i byen iklædt deres fine tøj, højt eller kæmmet hår og opsat på dans og højt humør. I det ene hjørne var der et dansegulv og en lille scene med kulørte lamper omkring. Herfra underholdt en rigtig "orgel-Henning" med Himmelhunden, Vimmersvej og Elvis numre oversat til dansk. Der var bordservering og mulighed for at bestille højtbelagt smørrebrød helt indtil kl.03. Det var et ufravigeligt krav, at man skulle hænge sin jakke i garderoben. Den var nærmest indrettet som en lille kiosk med alt, hvad man kunne ønske sig sådan en sen og let til hel beruset aften: gajol, flæskesvær, cigaretter og tamponer.

Væggene på Renæssancen var beklædt med tapet, der lignede røde mursten. På dem hang der billeder i guldrammer med motiver af hvordan Åboulevarden/Ågade så ud for mange år siden. –Dengang man kunne se åen, vejen er opkaldt efter.

På bordene var der røde duge i nervøst velour med små hvide kniplede duge ovenpå, små bordlamper med frynser på skærmen og plastikblomster.

For at komme ind på Renæssancen skulle man banke på hoveddøren, hvorefter man blev tjekket ud af dørmanden gennem en lille luge i døren. Hvis han godkendte en, blev man lukket ind.

Jeg lærte ejeren af Renæssancen at kende. Han lukkede os ind, selvom vi faldt udenfor målgruppen. Fordi han og jeg var en slags kollegaer - og det var godt at have et lokalt netværk og opbakning - lod han os komme indenfor. Betingelsen var, at jeg sørgede for at dem, jeg fulgtes med, opførte sig ordentligt. Det var en nem opgave. For vi kunne godt lide at komme på Renæssancen. Det var noget særligt at banke på og blive lukket ind på det herlige sted. Det ønskede ingen af os at lave om på.

*

Spillestedet Tjili Pop

Tjili Pop var stille og roligt blevet til det mødested og den fælles dagligstue, jeg havde drømt om at skabe. Der var næsten altid noget at lave. Der var fyldt med gæster, som hang ud og hyggede sig i baren eller ved bordene. Om aftenen skulle man være heldig og hurtig, hvis man skulle have et ledigt bord. Om fredagen var det nærmest helt umuligt efter de første fyraftensøl var blevet langet over disken. Det var kun lørdag aften, der ofte var stille og nærmest mennesketomt. Det var gerne fra sidst på eftermiddagen frem til omkring kl.23:00, hvor det så strømmede ind med gæster igen. Det undrede mig. Lørdag var jo en gå-i-byen aften. Hvor gik folk hen? Det var i hvert fald ikke på Tjili Pop. Jeg fandt ud af, at hvor fredagen startede ude med fyraftens-og fest stemning, så var lørdagen her, hvor folk mødtes til middag privat eller på en restaurant for så bagefter at gå ud i byen. Det kan godt være at vi serverede gode sandwich og nachos på Tjili Pop, men det gjorde det ikke til en restaurant og et sted man mødtes og holdt middagsselskab.

Jeg havde fået et par henvendelser fra musikere, som havde spurgt om det var muligt at få spillejob på Tjili Pop. Jeg fik derfor den ide, at jeg kunne tilbyde musikere, at de kunne komme og spille koncert lørdag aften mellem kl. 20:00 – 23:00. Jeg havde umiddelbart ikke råd til at booke og betale musikerne for at komme og spille på almindelige vilkår. Jeg kunne tilbyde dem et sted at optræde. På den måde kunne vi hjælpe hinanden. De fik et spillested og jeg fik mulighed for at få flere gæster indenfor. Det kan godt være at Tjili Pop var et lillebitte spillested, men det passede fint til de forskellige upcoming bands og solister, der kom og spillede koncerter. Indimellem måtte musikerne passe ind som puslespilsbrikker på den lille scene for at få plads til sig selv og deres instrumenter. De havde (endnu ikke) en kæmpe fanskare. De fleste kunne fylde Tjili Pop med deres trofaste publikum til tæt, intim og svedig koncertstemning.

Det var godt jeg boede i lejligheden lige over Tjili Pop og havde et godt forhold til de andre beboere i ejendommen og nærheden, For hold da k… hvor spillede nogle af de bands, der optrådte, højt! Det var især de "rigtige" rockbands med gode gedigne trommesæt, som virkelig kunne ryste hele huset.

På et tidspunkt havde jeg sagt ja til, at et upcoming og kendt rockband kunne holde pladerelease party på Tjili Pop. De ville spille live, invitere deres venner og fans og fejre at de havde udgivet en ny plade. Fedt, tænkte jeg. Det skulle nok give lidt ekstra omtale og tiltrække folk, der ikke kendte Tjili Pop i forvejen. Det blev en vild aften, de spillede højere end højt og havde alt for mange venner og fans i forhold til hvor mange, der kunne være indenfor. Tjili Pop blev så propfyldt, at der ikke var plads til de gæster, der plejede at komme. Så festen spredte sig ud på gaden. Nogen havde (forståeligt nok) ringet til politiet. De kom og bad mig skrue ned - men hvordan? Det var en total rock n' roll aften. Jeg var over-rumplet og begejstret på samme tid. Der faldt heldigvis ro over Rantauzgade igen og jeg lærte, at der var græn-ser for, hvor meget rock n' roll Tjili Pop, naboerne og jeg selv kunne rumme.

Den vilde aften skræmte mig ikke fra at afholde andre arrangementer, tværtimod! Jeg lærte hvad der var Tjili Pop's styrker og svagheder ved koncertarrangementer og andre events. Det hjalp mig meget i forhold til at af-gøre hvilke ting, der ville passe godt ind og fungere godt på Tjili Pop.

Det var åbenlyst at Tjili Pop ikke var gearet til at fungere som et stort professionelt spillested. Det var både Tjili Pop og økonomien alt for lille til. Det betød dog ikke, at der ikke var behov for et alternativt spillested som Tjili Pop i musik-spillesteds-fødekæden. Det var min ople-velse, at behovet for et lillebitte spillested som Tjili Pop, var stort. Jeg ville gerne gøre Tjili Pop til et sted, hvor musikere og andre kunstnere kunne teste deres potenti-ale og afprøve forskellige ting. Om de var kendte eller ej, var ikke afgørende. Bare de brændte for det, de lavede og selv kunne stå inde for det. - Dem var der mange af.

*

Tjill-arti

For at skabe en ramme for de koncert- og andre aktiviteterne, jeg gerne ville give plads til, men samtidig holde adskilt fra Tjili Pop som cafevirksomhed, stiftede jeg Foreningen "Tjill-arti". Det gjorde jeg sammen med nogen af Tjili Pops stamgæster, som også var blevet mine rigtig gode venner. Vi fordelte de forskellige bestyrelsesposter og opgaver mellem os og holdt gode og hyggelige bestyrelsesmøder med dejlig mad og masser at drikke. Vi var et godt team og jeg syntes det var skønt at skabe noget sammen med de andre. Hvor Tjili Pop var mit one-woman projekt, hvor jeg selv stod med hele ansvaret, var vi flere om at dele ansvaret i Tjil-arti. Opdelingen med Tjili Pop og Tjill-arti fungerede rigtig godt. Tjili Pop var en virksomhed, jeg havde skabt. Tjill-arti var noget ekstra. Noget, jeg ikke kunne skabe alene.

Foreningen Tjill-arti skulle arrangere forskellige kunst- og musik arrangementer på Tjili Pop. Formålet var at skabe et vækstmiljø for kunstildsjæle og grobund for spirende kunstnere indenfor musik, alternativ og nyskabende kunst og events.

Alle som havde lyst kunne melde sig ind i Tjill-arti. De fik et medlemskort, som gav rabat på entreprisen til Tjill-arti's arrangementer. De penge, der kom ind i entreindtægt til det enkelte arrangement, gik til dem, der optrådte. Vi sørgede for markedsføring af arrangementet, mad og drikke til bandet og at der var en Tjill-arti frivillig, som sad i døren og tog mod entre-betaling. Der var ingen, der blev rige af at optræde på Tjili Pop. Heller ikke selvom der var fuldt hus. Det betød dog ikke, at der ikke var nogen, der gerne ville optræde. For det var der. Der var rigtig mange musikere og bands, som bare gerne ville ud at spille for andre. Så kom pengene i anden række.

Vi fyldte kalenderen med livemusik og månedens kunstner. Musikprogrammet bød på livemusik hver lørdag i forskellige genre - lige fra singer/songwritere til rock, folkemusik, jazz og electronica. Nogle spillede en enkelt koncert. Andre kom igen enten med samme set up eller nye konstellationer og projekter.

Månedens kunster fandt vi blandt de mange henvendelser fra folk, der lavede billedkunst og som gerne ville udstille på Tjili Pop. Det var meget forskelligt hvad, der blev udstillet. Der var alt fra fotos, tegninger, maleri, plakater og collager. Enkelte gange oplevede jeg gæster der påtalte, at den kunst, der blev udstillet, var for grænse-overskridende, når de var kommet for at sidde og hygge sig. Det tog jeg til efterretning. Der var derfor enkelte kunstnere, vi måtte afvise. Det synes jeg var helt ok. Jeg er enig i, at der er billeder, der passer bedre til en eksperimenterende kunsthal end til en hyggelig cafe.

Der blev holdt gode og hyggelige ferniseringer, når en ny udstilling var hængt op. Det var for det meste et sidst-på-eftermiddagen arrangement, hvor der blev budt på drinks og snacks. Der var oftest en mere kontrolleret og summende stemning til ferniseringerne end til de mere løsslupne og larmende musik-arrangementer.

På et tidspunkt fik en af Tjill-artis bestyrelses-medlemmer gadekunstneren HuskMitNavn til at udstille på Tjili Pop. Han lavede en udstilling med titlen "Bjarne Lillers klæbe ånd". Det var en god og sjov udstilling, der forestillede Bjarne Lillers klæbe ånd i forskellige situationer. Det var meget store tegninger på hvidt papir, som var klippet til, så de passede til motivet. Jeg var vild med billederne og ville gerne overtage et eller to af dem og hænge dem op hjemme hos mig selv. Billederne var til salg og kostede egentlig ikke så meget, men mine jyske aner tog over og jeg blev i et øjeblik for nærig til at ville betale prisen. Jeg tænkte at i og med det var gadekunst, som jo var lavet til at gå tabt, ville billederne nok ikke blive taget ned og kørt væk til en ny udstilling. Jeg forventede at billederne ville blive taget ned for at blive smidt ud. Så kunne jeg tilbyde at "redde" et par stykker og tage dem med hjem. Billederne blev hentet - ikke for at blive smidt ud. De blev kørt væk. Jeg ærgrer mig stadig over, at jeg ikke parkerede min ide om at rage til mig og i stedet bare tilbød at købe et par stykker. Heldigvis blev et billede malet direkte på en af væggene og på den måde blev Bjarne Lillers klæbe ånd hængende på Tjili Pop - også efter selve udstillingen.

*

Jazz og Jam

Jeg havde aldrig interesseret mig for jazzmusik. Jeg kendte heller ikke nogen, der gjorde. Det ændrede sig den dag Jazzmusikeren kom ind på Tjili Pop og foreslog, at vi arrangerede jazz jam hver søndag på Tjili Pop. Han syntes der manglede et jazz jam sted i København, hvor knap så rutinerede jazzmusikere kunne komme og jamme med mere erfarne. Jeg tænkte, at det ville være fedt med et fast søndagsarrangement og en at lave det sammen med. At det så lige skulle have noget med jazz at gøre var ikke lige noget, jeg selv ville have fundet på. Jeg fortalte Jazzmusikeren, at jeg hverken vidste noget om jazzmusik eller jam-arrangementer. Det gjorde ikke noget. Det havde han helt styr på. Han var uddannet på musikkonservatoriet, spillede masser af jazzmusik og vidste hvordan man arrangerede en jazz jam aften. Vi aftalte, at Jazzmusikeren skulle stå for alt det der skulle foregå på scenen mens jeg sørgede for markedsføring og at Tjili Pop var klar til at huse arrangementet. Der var fri entre til jazz jam. De musikere, der optrådte, fik en øl eller sodavand. Det var passionen og ikke penge, der fik jazzmusikken til at spille på Tjili Pop. Og jeg skal da lige love for, at der var passion og jazz musikken kom til at spille. Det var en helt ny verden, der åbnede sig for mig. En verden, hvor jazz ikke bare var jazz, men mange for-skellige stilarter. Det var åbenbart ikke kun ældre mænd, der spillede og skønne jazz divaer, der sang. Der var også unge mænd og kvinder der dyrkede og spillede jazz – med cool og tilbagelænet udstråling. Jeg fik øjnene op for hvad, jazzmusikken kunne. Som rockmusikken, jeg normalt lyttede til, ikke kunne. Hvor rockmusikken serverede færdiglavede, indøvede og egne numre for publikum, opstod musikken "her og nu", når der var jazz jam. Jazzmusikerne kan spille de samme standarder, som de så tager udgangspunkt i og improviserer over.

Det gik så godt med jazz jam'en at Jazzmusikeren og jeg besluttede os for at prøve kræfter med Copenhagen Jazz Festival. Tjili Pop blev godkendt som spillested og jeg skulle betale et bidrag til festivalens fælles markedsføring. Jazzmusikeren stod for at sammensætte et godt program og booking af musikerne. Jeg sørgede for markedsføringen og at Tjili Pop var klar til at huse de mange koncerter. Det var spændende og nyt at være en del af noget så stort som Copenhagen Jazz Festival. Den tiltrak mange jazzglade og nysgerrige mennesker og der var en god summende jazzstemning i hele byen og på Tjili Pop. Vi afholdt dagligt to koncerter – en om eftermiddagen hvor nye jazz talenter fik pladsen på Tjili Pops lille scene og en om aftenen hvor mere kendte og etablerede jazz navne spillede for fulde huse.

Indimellem var der avantgarde-jazz på programmet. Det er eksperimenterede og kunstnerisk stilart og jeg må indrømme at jeg indimellem blev udfordret af det vilde univers og meget lange numre. Når et meget langt og syret nummer endelig fik en ende, vidste jeg ikke om jeg klappede fordi det var slut eller godt. Det var i hvert fald en forløsning.

For mig var Roskilde Festivalen stedet hvor jeg fik mit årlige festival-fix. Jeg fik øjnene op for at Copenhagen Jazzfestival var stedet hvor alle jazz-lovers fik deres. København var festivalpladsen og musikere og publikum tog rundt til de forskellige spillesteder for at nyde, hygge, spille og lytte til al verdens jazzmusik. Det var skønt at opleve hvordan en festival også kunne være.

Jazzmusikeren og jeg var enige om at Tjili Pops debut som spillested på Copenhagen Jazz Festivalen havde været en succes. Vi besluttede hurtigt at Tjili Pop var kommet for at blive på Copenhagen Jazz Festival. Det betød at Tjili Pop herefter emmede af svedig jazzmusik, hvert år i starten af juli måned. Herefter sænkede sommerferiestemingen for alvor sig over Rantzausgade.

*

Godt nytår!

Det blev efterhånden en tradition at jeg holdt godt-nyt-års-åbent i Tjili Pop på årets sidste dag 31.december fra kl. 11-17. Her kom stamgæster, venner og ansatte forbi for at ønske mig og hinanden godt nytår og holde en velfortjent pause mellem indkøb og forberedelser til aftenens nytårsfester. Luften var fyldt af en helt særlig og lidt højtidelig nytårs-stemning af farvel og velkommen. Vi gjorde status på det år der næsten var gået og delte ud af vores forventninger til det nye år. Jeg hyggede mig virkelig meget med at holde åbent og ønske alle et godt nytår. Det var en skøn måde at slutte endnu et godt år i Tjili Pop og Rantzausgade på.

Jeg havde ikke mod på at holde åbent nytårsaften. Der ville højst sandsynligt først komme gæster efter midnat og almindelig sund fornuft holdt en friaften hos de fleste festglade mennesker, der bevægede sig ud i byen. Nytårsaften var sin helt egen lidt ligesom når julebryggen kom og J-dagen blev fejret. På Tjili Pop var J-dagen en fuldstændig crazy og travl aften. Den lå lige på grænsen af hvad rammerne kunne rumme. Jeg havde en ide om at nytårsaften nemt kunne blive endnu mere crazy end J-dagen. Det ville være for stor en mundfuld at stå med – alene. Jeg troede ikke, jeg kunne få andre til at møde på arbejde denne aften. Jeg var nervøs for at det ville gå over gevind og jeg ville komme til at stå med ansvaret for noget, jeg ikke kunne kontrollere. Så selvom der nok ville komme penge i kassen ved at holde åbent nytårsaften valgte jeg at passe på mig selv og min cafe og holde lukket.

Der var ofte nogle af de gæster, der kiggede forbi Tjili Pop for at ønske godt nytår, som endnu ikke var afklarede med hvordan, de skulle holde nytårsaften. Det var heller ikke altid, jeg havde besluttet hvordan jeg ville fejre min nytårsaften. Det endte derfor gerne med at vi slog os sammen og holdt en rigtig rar nytårsaften sammen. En af disse aftener var en gang, vi var nogen stykker, der ikke havde de store planer for aftenen og besluttede os for at holde den sammen. Vi mødtes hjemme hos mig og medbragte hver især det, vi nu havde af mad og drikke. Sammen fik vi lavet en lækker middag og da vi ikke havde forberedt noget i løbet af dagen gik tiden hurtigt med at lave de forskellige retter, vi havde på menuen sammen. Da vi var færdige med desserten, var klokken allerede blevet halv tolv. En af de andre gæster, som boede til leje hos præsten i præstegården tilhørende Hellig Kors Kirke på Nørrebro, forslog, at vi tog videre til præstegården, hvor der var fest, så kunne vi skåle med de andre og ønske godt nytår, når klokken blev tolv. Så det gjorde vi. Her var der gang i festen. Vi blev inviteret med op i kirkens klokketårn, hvorfra vi kunne se ud over byen og hvordan det nye år blev budt velkommen med masser af fyrværkeri. Det var vildt at se hvordan byen nærmest eksploderede i et vildt fyrværkerishow. Jeg følte mig bare så heldig at få lov til at opleve dette syn fra tårnet. Til sidst kunne man ikke se

fyrværkeriet for den krudtrøg, der havde lagt sig som en
tåge over byen. Så vi gik tilbage til præstegården, skå-
lede Godt Nytår! og fortsatte festen på Stengade 30. Det
var en skøn nytårsaften.

*

Goddaw do!

Jeg havde ikke mulighed for at lave meget udeservering foran Tjili Pop. Der var lige plads til tre borde og seks stole. Først på fortovet og siden på et par små terrasser, jeg fik lavet. På de gode varme sommerdage foretrak de fleste at opholde sig udenfor og nyde det gode vejr. Disse dage var det et meget begrænset antal gæster, der besøgte Tjili Pop og de fleste af dem ville gerne købe kaffe eller andet "to go", som de kunne tage med sig ud i parken. Jeg fik derfor den ide at kaste mig ud i at etablere en sommercafe i den lokale park. Det var Hans Tavsens parken. Den lå nærmest lige rundt om hjørnet fra Rantzausgade og Tjili Pop og var nabo til Assistens Kirkegården. Min drøm var at skabe en lille cafe oase med kaffe, fadøl og popcorn i parken og efter forhandlinger med Nørrebro bydelsråd, som havde ansvaret for parken, kunne drømmen blive til virkelighed - på forsøgsbasis. En del af parken var åbenbart fredet og den del måtte jeg ikke bruge til cafe. Det var ærgerligt, for jeg havde udset en plads ved det store springvand, der var midt i parken som det perfekte sted til en lille sommercafe. I stedet måtte jeg nøjes med en plads midt på græsplænen - i udkanten af parken. Da min tilladelse til at lave sommercafe var på forsøgsbasis, måtte jeg ikke etablere et permanent cafe-og serveringssted. I stedet fik jeg lov til at opstille en bar-campingvogn som Tuborg sponserede/donerede til formålet. Det var et oldgammelt lig uden nummerplader. Der var hul i loftet. Ingen luft i de slidte dæk og indvendigt....ak ja! Tuborg-konsulenten ville gerne bakke op om ideen. Han baksede med besvær vognen til Rantzausgade og sørgede for at et fadølsanlæg blev installeret. Vognen skulle stå fast opstillet i parken, da jeg havde ikke mulighed for at flytte den på daglig basis. For det første havde jeg ikke en bil, der kunne trække vognen. For det andet havde jeg ikke et sted at parkere den, når den ikke skulle bruges i parken. For det tredje havde den ikke nummerplader på. Rare venner med kærlige hænder hjalp med at shine den stakkels forsømte vogn op. Nogen supermodel blev den ikke, men den kunne sagtens bruges og jeg var glad for den. Jeg glædede mig til at komme i gang og bidrage til hygge og liv i parken, som mest mindede om en pyntegenstand. Den blev pudset og plejet, men ikke rigtig brugt til noget.

Den store dag kom, da serveringslugen i campingvognen skulle åbnes for første gang. Det var en dejlig dag, solen skinnede, et band var hyret, venner og lokale inviteret og der var øl i hanen. Jeg havde købt et par borde- og bænkesæt, som vi samlede og stillede op foran vognen og så var der gang i åbnings-hyggen.

Jeg ville starte med at holde åbent i campingvognen, når det var dejligt sommervejr og solskin.

Dagen efter åbningsdagen var det gråvejr. Jeg holdt derfor campingvognen lukket. Jeg opdagede senere på dagen, at den var blevet brudt op, men der var dog ikke stjålet noget. Næste morgen da jeg cyklede forbi sad en, der lignede en hjemløs mand, på bænken ved bordet udenfor vognen med en fadøl! Det var måske ham, der var flyttet ind om natten. Han så virkelig ud til at hygge sig. Så jeg lod ham sidde. Jeg var blevet paf og overrasket over den åbenlyse mangel på respekt for andres(mine) ting og initiativ. Jeg var både vred for hvad f….. bildte han sig ind og også lidt begejstret. For det var egentlig et herligt syn at se manden sidde der og hygge sig i min lille sommercafe, en tidlig morgen. Jeg kunne ikke overskue at konfrontere ham og tænkte, at det måtte jeg tage mig af lidt senere, når jeg lige havde haft tid til at sunde mig. Jeg fik heller ikke åbnet salgslugen i campingvognen den dag. Det virkede lidt nyttesløst at flytte de sidste ting så som cappuccinomaskine ind i vognen, når den åbenbart bare nærmest kunne åbnes med en dåseåbner. Der var ellers indtil flere låse på. Næste dag var der nogle tyveknægtebøller, der tømte min stakkels skrøbelige vogn ved højlys dag. Først røg fadølsanlægget, senere en kasse med tusind engangskaffekrus. Det var så den oase! Politiet ville ikke rykke ud, da tyveri fra en campingvogn vist ikke var noget de prioriterede højt. Det var ærgerligt for flere personer havde set tyveriet af fadølsanlægget og i hvilken retning tyvene gik.

Jeg var virkelig ærgerlig over situationen og følte mig som en naiv-blond-jyde, der lige var kommet ind med fire toget –goddaw do! Men hvad havde jeg egentlig regnet med? Jeg havde også oplevet indbrud og forsøg på det i Tjili Pop. Så hvordan kunne jeg tro at fire hængelåse og en almindelig lås ville holde indbrudstyve ude af campingvognen.

Ok, jeg var både jyde og blond og åbenbart også lidt naiv, men sådan nogle trælse tyve typer skulle ikke vælte mig og min cafe-oase-drøm af pinden. Det kunne godt være jeg kunne væltes, men jeg besluttede mig for at rejse mig, børste støvet af og komme op på hesten igen. For jeg var ikke færdig med Hans Tavsens Parken og drømmen om en sommercafe.

*

Op på hesten igen

Et af medlemmerne fra Nørrebro bydelsråd foreslog, at jeg i stedet for campingvognen måske kunne bruge den lille vagtbygning som lå i Hans Tavsens parken. Jeg syntes det lød som en god ide. Det var jeg frisk på at prøve. Jeg fik at vide at jeg skulle søge Københavns Kommune om tilladelse, da det var besluttet at Bydelsrådet blev nedlagt ved kommende årsskifte.

Jeg sendte min ansøgningen om at bruge vagtbygningen til cafe til Københavns kommune i august og fik da også tilsendt en kvittering på, at de havde modtaget den. Da jeg blev utålmodig i november og ringede ind og rykkede for et svar, var min ansøgning blevet væk! Jeg måtte derfor sende en ny. Den fik jeg svar på i januar. Svaret var, at da det meste af parken jo var fredet, skulle sagen/ny ansøgning sendes videre til fredningsnævnet, der havde en behandlingstid på tre måneder. Før de havde givet grønt lys til cafeen, kunne jeg ikke få lejekontrakten og før jeg havde lejekontrakten, kunne jeg ikke søge alkoholbevilling. Bevillingsnævnet havde en behandlingstid på to måneder. Det var dog muligt at få en midlertidig bevilling imens sagen blev behandlet. Så inden det hele var faldet på plads var det blevet juni. Jeg havde i første omgang fået en midlertidig lejekontrakt og en rigtig rar lav husleje, der var gældende i sommersæsonen 2002. Den var imidlertid næsten forbi, inden jeg kom i gang.

Jeg var målløs over, at det næsten havde taget et år at få tilladelsen til at bruge vagtbygningen – i en sæson. Jeg havde gjort, hvad jeg kunne. Nu havde jeg endelig alle tilladelser på plads. Der var en halv sommersæson tilbage, så der var ikke tid til frustrationer og målløshed. Jeg måtte bare se at komme op på hesten igen og få gang i sommercafeen, så jeg kunne teste dens potentiale. Den lille gråmalede bygning lå ved indgangen til parken. Den var 4 kvm, havde en dør i siden og et vindue som vendte ud mod parken. Jeg ville bruge vinduet som salgsluge og indrettede bygningen som et lille anretter køkken og bar. Jeg anskaffede borde og stole eller rettere sagt skamler, der kunne stables så hele herligheden kunne være inde i bygningen om natten. Jeg anskaffede et trådnet, der kunne sættes foran den låste dør, når cafeen var lukket. Jeg havde lært af mine erfaringer med min stakkels campingvogn, der jo nærmest blev voldtaget og jeg havde derfor sikret vagtbygningen som et lille fort.

Da det blev juli, var jeg endelig klar til at åbne sommercafeen, som jeg kaldte Cafe Tjili Sol. Den skulle være en miniudgave af Cafe Tjili Pop. Her skulle sælges et mindre udvalg af øl, vin, vand, kaffe, milkshakes, nachos og sandwich. Der var ikke var mulighed for at installere en opvaskemaskine i vagtbygningen, så jeg kunne ikke bruge rigtige glas, tallerkner og bestik. Derfor måtte jeg bruge engangsservice. For at forhindre parken i at flyde i plastickopper og paptallerkner lavede jeg et pantsystem med små klistermærker til at sætte på og så fik folk

2 kr. tilbage i pant. Sommerferiestemningen sænkede sig over byen. Byboerne drog ud af byen for at holde ferie og Nørrebro lå næsten øde hen. Alle dage i juli føltes som søvnige søndage.

I Hans Tavsens parken forsøgte jeg og resten af Tjili Pop personalet at få cafelivet til at blomstre i og omkring den lille hyggelige vagtbygning. Ind imellem de stille dage, som der var flest af, var der heldigvis dage, hvor der var fyldt op med cafegæster ved de små bordene foran vagt-bygningen. Her kunne jeg virkelig fornemme hvor godt det kunne blive, når/hvis sommercafeen fik bidt sig fast - men det var tydeligt at det ville kræve mere end en halv sommersæson.

Jeg sendte derfor en ny ansøgning til Københavns Kommune om tilladelse til at bruge vagtbygningen til som-mercafe. Der havde været omrokeringer i kommunens vej og park afdeling. Det gjorde, at det nu var nogle an-dre, der skulle behandle min ansøgning helt forfra - med nye øjne. Det betød, at der nu kom et krav fra fødevare-kontrollen om at der skulle lægges vand ind i vagtbyg-ningen, hvis den skulle bruges til cafe. Jeg havde ellers tidligere fået dispensation og havde vand i store dunke til håndvask og rengøring. Vandet løb ned i en varmt-vandsbeholder, som var tilsluttet til en vandhane og vask.

Københavns kommune krævede, at jeg selv skulle betale de ca. 40.000 kr., det ville koste for at få lagt vand ind i bygningen, hvis jeg skulle have tilladelse til at bruge den til cafe - men var det fair? Det var jo hverken mit hus eller min grund. Afståelsesret var der heller ikke noget af. På den anden side var det var jo trods alt mit projekt, som det stod mig frit for at vende ryggen til. Hvis jeg ikke kunne, ville eller turde satse. Der var god tid til at overveje, om jeg ville betale for at få vand i bygningen. Sagen skulle jo behandles af fredningsnævnet igen. Det ville tage tre måneder. Selv om samme sag var set og behandlet to gange før.

Københavns Kommune kom i mellemtiden på andre tanker. De ville alligevel gerne betale vandførelsen mod en lejeforhøjelse. Det var en løsning, jeg var glad for og syntes var helt fair. Denne gang fik jeg en lejekontrakt på tre forsøgs år. Det var også fint. Når det nu ikke kunne være anderledes og forever!

Vandet blev installeret. Dog først i løbet af juni på grund af frost i jorden og nogle andre forhindringer. Det betød, at jeg igen stod med en halv sæson. Så jeg droppede at tage kampen op den sommer. Jeg forberedte mig i stedet på den kommende sæson. Den skulle tages med storm, når den startede sammen med påskeferien.

Cafeen i Hans Tavsens Parken skulle holde åbent i dagtimerne. Planen var, at når det var godt vejr åbnede vi sommercafeen og satte en seddel på døren til Tjili Pop om, at der var åbent i parken. Når det var dårligt vejr åbnede vi Tjili Pop og satte en seddel på sommercafeen om, at der var åbent i Tjili Pop. På papiret virkede det som en god ide, men i virkeligheden viste det sig at være en bøvlet plan. Der jo er mange danske sommerdage, som byder på blandet sommervejr. Det betød, at der kunne være skyet og halvkoldt om formiddagen og at vi derfor åbnede Tjili Pop. Når Tjili Pop så var åbnet brød solen frem og så var dilemmaet hvilket sted, det ville være bedst at holde åbnet. Jeg havde ikke råd til at betale løn, så der kunne holdes åbent begge steder. Det var virkelig en udfordring at få min ide om en sommer oase i Hans Tavsens Parken til at spille sammen med virkeligheden og det skiftende sommervejr.

Mine anstrengelser med at få sommercafeen løbet i gang blev fulgt tæt fra sidelinjen af en flok lokale outdoor-alkoholikere. De holdt til på deres medbragte mælkekasser og stole på den ene side af vagtbygningen. De var søde og rare og gav gode råd om konkurrencedygtige ølpriser sammenlignet med den lokale kiosk. De var enige om, at salg af røde pølser ville være et hit. Jeg havde nu ikke planer om at sælge billige øl og røde pølser. Jeg holdt fast i, at sommercafeen skulle være en miniudgave af Tjili Pop.

*

De lokale outdoor-alkoholikere

De lokale outdoor-alkoholikere var slet ikke i målgruppen for min sommercafe. Det var både de og jeg helt klar over, men vi fik det alligevel til at fungere omkring den lille vagtbygning.

Ligesom de fik et indblik i mine anstrengelser med at få sommercafeen løbet i gang, fik jeg også et indblik i deres verden.

Der var en fast mindre gruppe, som mødte op hver hverdag ved ni tiden. Nogle af dem var iført håndværkeragtigt arbejdstøj. Her sad de så på deres medbragte stole og grønne mælkekasser. Lige op ad indgangen til den lille vagtbygning og drak de billige øl, som de købte i kiosken. Der var nogle af de faste, der gik hjem for at spise frokost eller sove middagslur. De kom så igen bagefter. I løbet af dagen stødte flere til, efterhånden som de kom til sig selv efter gårsdagens tørst-slukning. Ved atten tiden gik de fleste hjem eller videre på værtshus. Så var det fyraften!?

De faste outdoor-alkoholikere havde et stærkt sammenhold og fællesskab. De passede på hinanden og på området. Der var selvjustits og de tillod ikke at narkomaner opholdt sig i parken eller parkens toilet. De børn og unge, der ikke kunne finde ud af at optøre sig ordentlig, sendte de hjem eller truede dem. Måske stak de nogle af de større af ungerne et par flade! De pralede i hvert fald med, hvordan de engang havde fået sat skik på et par unge cykeltyve.

Når det var "lønnings" -dag gav de den gas. Her blev der ikke holdt så meget øje med, hvem der ejede hvilke flasker og dermed havde retten til at få panten for dem.

Et godt eksempel på deres omsorg for hinanden foregik på en steghed sommerdag, hvor en af de faste outdoor-alkoholikere havde fået rigeligt at drikke. Varmen var nok også steget ham til hovedet for hans balance var helt væk. Da han rejste sig op, slingrede han lidt rundt, fik overbalance og faldt forover lige så lang han var. Ned af de fire sten trapper, der udgjorde indgangen til Parken. Han landede med ansigt lige ned på grusstien og ar-mene ned langs siden. Han nåede slet ikke at opfatte at nu faldt han, så han kunne tage fra med hænderne. Han var for fuld til selv at komme på højkant igen og blev liggende. Imens de andre sad på deres stole og mælke-kasser og diskuterede. Diskussionen handlede om, at det også var for meget at den faldne nu igen var blevet så fuld, at han ikke kunne stå på sine egne ben, at han burde være gået hjem for flere timer siden for at sove middagslur og om hvis tur det var til at følge ham hjem. Det blev en længere diskussion. Mens den kørte højlydt, rejste en af de andre outdoor-alkoholikere sig op, gik ned på grusstien, tog fat i benene på den faldne og trak ham, stadig liggende med ansigtet i gruset, et lille stykke hen ad stien og ind på græsset, hvor han gav slip på den faldnes ben. Da de andre så undrende på ham, forklarede han, at det sgu da var synd at lade den faldne ligge der midt i solen. Det var derfor, han lige havde trukket ham ind i skyggen.

Når den faldne ikke var så fuld, at han var til belastning for andre, som f.eks. når han ikke kunne stå på sine egne ben eller bestilte flæskestegssandwich med ekstra skiver flæsk i Kina grillen og så ikke havde penge eller var for fuld til at finde dem, så han kunne betale, så var han sød og rar og en rigtig guttermand. En af de bedrifter, han fortalte om med stolthed, var den dag han havde reddet en hund fra døden. Det var foregået midt på en sommerdag i Hans Tavsens Parken, hvor der, ifølge ham selv, nok mindst var blevet sat varmerekord. Hans egen lille hund havde han ladet blive hjemme i skyggen, så den ikke skulle få hedeslag ude i solen. En anden hundeejer, der luftede sin hund i parken, havde ikke været lige så forudseende og pludselig var hunden kollapset i solskinnet. Outdoor-alkoholikeren/guttermanden opfattede straks krisesituationen og skyndte sig hen for at hjælpe den stakkels livløse hund. Han gav den en hurtig mavepuster og fik på den måde liv i hunden igen. Så skældte han hundeejeren ud og sendte ham hjem NU og MED DET SAMME med den omtågede hund, som han gav ordre om skulle have masser skygge og vand.

Jeg syntes, det var en skøn historie. Den gav et godt billede af outdoor-alkoholikerne. De var ikke blege for at træde til og hjælpe andre, når de ikke var for fulde til at hjælpe sig selv.

Stort brød

Jeg havde gennem længere tid drømt om plads til større armbevægelser, bedre køkken-faciliteter og mulighed for at afprøve nye ideer, som Tjili Pops fysiske rammer, til trods for stor velvilje, ikke kunne at rumme. En dag læste jeg i avisen at Københavns Kommune søgte en forpagter til cafeen i Huset i Magstræde i indre København. Jeg havde engang været med Ungdomsskolen på studietur til København og her besøgte vi blandt andet Huset i Magstræde. Vi fik en rundvisning i Huset, hvor der var en særlig stemning af undergrund, vildskab og plads til skæve initiativer, som på en eller anden måde tiltalte mig. Jeg var vild med tanken om at få foden indenfor i Huset. Jeg kunne mærke en spirende interesse for forpagter-tjansen. Her var en sjælden mulighed for at blive en del af et større kulturhus og kulturelt fællesskab, kombineret med, at jeg stadig kunne være selvstændig erhvervsdrivende og dermed fri til at gøre tingene min egen måde. Huset i Magstræde var en stor bygning på flere etager. Her var udover cafeen i stueetagen en lille biograf, en restaurant og et koncertsted. Derudover var der en kontorafdeling, hvor der sad en håndfuld ansatte. De administrerede Huset for Københavns Kommune, som ejede stedet. Cafeen rådede over en del flere kvm end Tjili Pop. Der var et fuldt udstyret restaurant-køkken, et stort barområde, en form for udestue, toiletter og en hyggelig gårdhave. Jeg undersøgte nærmere hvad forpagtningen gik ud på og hvad der skulle til.

Forpagtningsaftalen løb i første omgang over fire år. Den var uopsigelig det første år. Som forpagter skulle man selv sørge for inventar, dog ikke komfur, køleskabe og lignende. Der var ikke mulighed for at få afståelse når de fire år var gået. Så ophørte kontrakten bare. Det var så det. Man kunne selvfølgelig søge igen, men det var jo ikke sikkert, at man fik forpagteraftalen denne gang. Det var selvfølgelig ikke helt optimalt. Det ville være dyrt at indrette cafeen og der skulle også lige skaffes penge til det store depositum, husleje og almindelig drift. Cafeen havde været lukket i en længere periode. Så det ville blive benhårdt arbejde, at få den løbet i gang og gå fra minus til plus. I forpagter-oplægget var der en beskrivelse af hvor mange mennesker, der kom i Huset i Magstræde. Det gav et indtryk af, at der ville være gæster til Husets cafe fra dag et. Så jeg tænkte at det nok skulle gå og besluttede, at jeg jo lige så godt kunne lave en ansøgning, vise min interesse og se hvor det bar hen.

Jeg hyggede mig meget med at lave ansøgningen og udtænke mit koncept for Husets cafe. Jeg valgte at inddele det i fire del-koncepter og områder. Sådan at jeg havde noget at fylde det store lokale med og fik mere end et ben at stå på. På den måde regnede jeg med at kunne tiltrække forskellige målgrupper og omtale.

Det endte med at det blev mig, der fik tilbudt jobbet som forpagter af Husets cafe. Fordi ansættelsesudvalget

syntes godt om min ansøgning og fordi de kendte til Tjili
Pop og den succes det var blevet. Sådan en succes ville
de også gerne have i Huset.

Det var et vildt øjeblik, da jeg skulle underskrive forpag-
ter-kontrakten. Det var ubeskriveligt fedt at se at nu
kunne drømmen om større armbevægelser realiseres –
sådan! Det var også vildt skræmmende. For jeg var godt
klar over, at jeg ikke kunne lave de store armbevægelser
alene –hjælp! Det gik op for mig, at nu var det alvor. Nu
var jeg afhængig af andres hjælp og indsats for at få Hu-
sets Cafe op at køre, holde Cafe Tjili Pop kørende og
drive Tjili Sol -sommercafeen i Hans Tavsens parken. Jeg
kunne, hvor end jeg gerne ville, jo ikke være i mine tre
cafeer på forskellige adresser på samme tid.

Jeg ved godt, at det udefra nok så ud som om jeg havde
slået et større brød op end jeg kunne bage. Det havde jeg
måske også. Jeg var både begejstret og skræmt på
samme tid, men mine ambitioner var lige så store som
mit gå på mod og jeg ville vise, at jeg godt kunne lykkes
med at bage dette store brød.

*

Gravid!

Det kom ikke helt bag på mig at jeg blev gravid, eftersom det var halvandet år siden jeg var stoppet med p pillerne. Jeg boede sammen med min kæreste som jeg havde kendt i fire år og som jeg havde mødt i Tjili Pop – hvor ellers! Jeg ville gerne have et barn. Det var mest bare en stærk fornemmelse jeg havde. Ikke noget jeg havde sagt højt til alle og enhver. Jeg havde aldrig været lige ved at besvime af begejstring hver gang jeg så en baby, nærmere tværtimod. Jeg var altid usikker på om jeg nu virkede begejstret nok, når nybagte forældre stolte viste deres lille guldklump frem. For selvfølgelig var det et fantastisk vidunder, deres helt egen baby. Jeg fik bare ikke de der trækninger i underlivet og bryst-spændinger og lyst til at købe små sko (arh ok de små sko har jeg altid syntes kunne noget!!) Jeg bad til, at de ikke ville spørge om jeg ville holde vidunderet, for nej tak det havde jeg virkelig ikke lyst til! Det var ikke fordi jeg ikke kunne lide dem og deres baby, men det var ikke en naturlig følelse for mig at tage barnet i mine arme, der var stive at skræk for at tabe det skrøbelige og hjælpe-løse vidunder. Jeg havde det med babyer, som jeg havde det med udenlandske aviser. Jeg ville gerne have et na-turligt og afslappet forhold til udenlandske aviser og nyde det indblik de gav i hele verden. Virkeligheden var dog, at jeg stort set ikke fattede en skid af hvad der stod i de udenlandske aviser. Det var i hvert mere anstrængende end et nydelsens øjeblik, når jeg forsøgte at tygge mig igennem en.

Jeg var derfor noget rundt på gulvet, da jeg fandt ud af jeg var gravid. Jeg ville gerne være mor og have et barn, men jeg havde det også som om jeg stod med en udenlandsk avis. Da jeg havde vænnet mig til tanken, om mig som mor, om en ny sundere livsstil og party-genet sat på stand by, kom det bag på mig, at det overraskede andre, at jeg skulle være mor!

Jeg havde lige fra jeg stoppede med p pillerne vidst, at jeg lige pludselig skulle lægge hygge cigaretter, dejlig kølig Chardonnay, krydret rødvin, dans i natten og arbejdsnarkomani på hylden. Så min strategi var at fortsætte med at ryge, drikke, feste og arbejde hårdt indtil jeg blev gravid, så jeg fik fyldt mine depoter op med den frihed og det selskabelige liv, jeg elskede, tog for givet og følte mig hjemme i. Jeg nåede endda at blive lidt træt af tømmermænd og cigaretter og drømte om at sidde i sofaen, se krimier og gå tidligt i seng og så var jeg lige pludselig gravid i 5.uge, midt i forhandlingerne om muligheden for at forpagte Husets cafe. Det lå meget fjernt for mig, at jeg pga. en graviditet overhovedet skulle overveje ikke at skrive under på forpagtningsaftalen.

Faktisk havde jeg, året inden, også været gravid. Det havde gjort mig helt paf og forvirret. Desværre fik jeg dengang en spontan abort i ottende uge. Så jeg havde svært ved at tro på graviditeten denne gang og at der rent faktisk ville komme en baby ud af det. Jeg ville se

den baby, før jeg troede på det. Så jeg skrev selvfølgelig
under. Kontrakten var til at tage og føle på. Det var gra-
viditeten endnu ikke.

*

Opbrud

Efter jeg havde underskrevet forpagtnings-aftalen for Husets cafe, valgte jeg efter mange og svære overvejelser at sætte Tjili Pop til salg. Jeg følte, det var på tide, at en af os flyttede hjemmefra. Det måtte jo så være mig! Jeg ville gerne fokusere 100% på, at Husets cafe kunne komme godt fra start og udnytte de mange nye muligheder inden for gastronomi, kunst og kultur der var og som bare ventede på at blive realiseret.

Ud over min nærmest ekstreme trang til at igangsætte og hang til arbejdsnarkomani skulle jeg jo nok også have tid til at blive og være mor. Så det føltes rigtigt at give slip på Tjili Pop – mit "barn" - som efter otte år var mere end klar til stå på egne ben.

På det tidspunkt var der også begyndende opbrud i det sammenhold og fællesskab Tjili Pop skabte et grundlag for, for mig og mine venner, der boede i Rantzausgade og omegn. En del af os måtte erkende, at vi ved at blive "rigtige" voksne med kærester, der havde ægteskabs potentiale, med tanker om eller børn på vej og om at bo i mere rolige omgivelser end Rantzausgade kunne tilbyde. Vi var mere eller mindre ubevidste om at vi var på vej ud. Det betød ikke at Rantzausgade og Tjili Pop lå øde hen. Der kom nye og unge til, som levede livet i og omkring gaden og hang ud på Tjili Pop, ligesom vi havde gjort og stadig gjorde - bare ikke lige så meget. Jeg elskede mit liv i Rantzausgade med Tjili Pop, alle vennerne og vores sammenhold og fælles oplevelser. Det var en skøn, skøn tid. Inderst inde vidste jeg dog godt at det ikke kunne blive ved for evigt. På et tidspunkt ville det være som at spille den samme sang igen og igen. Det ville heller ikke længere være optur at springe rundt som en skoldet skid og spille luftguitar på Stengade 30. Det ville være nedtur og ynkeligt.

Det var ikke ligefrem fordi jeg blev overstrømmet med købstilbud på min elskede cafe. Måske var en af grundene at ejendommen hvor Tjili Pop lå var ved at blive renoveret fra top til tå. Den var pakket ind i stillads med plastic og containere udenfor. Renoveringen gjorde at alt virkede beskidt og støvet. Der var jævnligt en svag lugt af kloak. Det var godt, at rygeloven ikke var trådt i kraft dengang, så cigaretosen kunne lægge et slør over den brune lugt!

Renoveringen blev ved og ved og ved med at trække i langdrag. Det tog evigheder. Det hjalp heller ikke, at den allerede inden start var to måneder forsinket. Jeg havde taget en masse forbehold og lavet ændringer bl.a. med åbningstiderne og udeservering. Jeg havde jo fået at vide, at renoveringen skulle starte i august...... Men det gjorde den så ikke. Den startede i oktober og stod på alt, alt, alt for længe. Det var et helvede. Omsætningen dalede og køberne blev væk. Det ville jeg nok også have gjort!

Jeg havde først sat Tjili Pop til salg gennem en advokat, men efter et par måneder skiftede jeg over til en erhvervsmægler. Jeg havde en fornemmelse af, at han kunne nå bredere ud til potentielle købere, da han jo havde et større udvalg af restaurationer til salg. Proceduren var, at når interesserede købere henvendte sig på salgsannoncen ville de få navnet og adressen på Tjili Pop. Så kunne de starte med at besøge stedet som almindelige gæster – anonymt og diskret. Det fungerede helt fint. Især fordi det mere eller mindre var i hemmelighed, jeg havde sat den til salg. Jeg tror, jeg holdt det hemmeligt, fordi det ikke virkede så virkeligt, når det ikke var sagt højt. Jeg ønskede heller ikke at skabe unødvendig uro og utryghed blandt personale, venner og stamgæster. For hvad nu hvis den ikke blev solgt? Så ville jeg måske stå alene tilbage med en tom cafe og gæster, der svigtede. Fordi de følte, at jeg havde svigtet dem ved at sætte vores fælles dagligstue til salg.

*

Nabolokalet

Jeg havde igennem flere år vist stor interesse i at overtage det butikslokale, der lå ved siden af og stødte op til Tjili Pop. Da det endeligt blev ledigt, fik jeg det tilbudt af udlejeren.

Min plan var at indrette lokalet med et rigtigt køkken og kombinere det med en take away butik. Den skulle hedde "Tjili Tessen". Her skulle tilberedes og sælges sunde, simple og rustikke retter, der også skulle på menuen og sælges i Tjili Pop. Det var helt fantastisk mulighed, jeg længe havde drømt om at få. Det gav mig nemlig mulighed for at tiltrække gæster til brunch, frokost og aftensmad og dermed øge omsætningen. Tjili Tessen skulle udover den lille faste menu også tilbyde en dagens ret. I Tjili Pop skulle signaturretten være Belgisk inspireret moule-frits, som er blåmuslinger og pommes frits. Det ville spille godt sammen med at de belgiske øl var meget populære. Jeg ville også tilbyde udbringning og catering til større selskaber. Timingen med overtagelsen af nabolokalet var knap så fantastisk. Det blev jo samtidig med at jeg overtog Husets cafe og skulle i gang derinde med indretning og opstarten af den. Jeg valgte selvfølgelig at takke ja til nabolokalet. Det var simpelthen for god en mulighed til at jeg kunne lade den, passere.

Den tænder-ud-trækkende renovering af ejendommen, hvor Tjili Pop og nabolokalet lå, betød at der kom færre gæster og dermed blev omsætningen mindre end normalt. Så efter betaling af depositum og forudbetalt leje til Husets Cafe og nabolokalet, var min konto desværre rimelig drænet. Jeg manglede penge til at indrette nabolokalet og sætte det i stand. Det var virkelig frustrerende. For jeg kunne tydeligt se take away køkkenet ske, dufte de lækre retter, der skulle tilberedes og nærmest smage succesen. Jeg havde viljen, gåpåmodet og alt andet end penge til at realisere drømmen her og nu. Hvis jeg selv skal sige det, var jeg ret god til at få ting til at lykkes for næsten ingen penge. Men selvom jeg havde haft penge nok, kunne jeg ikke komme i gang med indretningen. Jeg skulle åbenbart først have godkendt de ændringer, jeg ville lave i lokalet, af Københavns kommune. Mine erfaringer med at få tilladelser til sommercafeen i Hans Tavsens parken, sagde mig at det udover penge også var en stor portion tålmodighed, jeg skulle skaffe.

Jeg besluttede mig derfor at sætte nabolokalet på stand by, indtil godkendelsen fra Københavns kommune var i hus og i stedet for at bruge min energi på Husets cafe.

*

Opskriften på succes

Jeg havde hygget mig meget med at lave ansøgningen og udtænke mit koncept for Husets cafe. Som nævnt havde jeg valgt at inddele det i fire del-koncepter og områder, så jeg havde mere end et ben at stå på og på den måde kunne tiltrække forskellige målgrupper og omtale.

Overskrifterne for de fire del-koncepter var:

KaffeLaden: Eftermiddagskaffe i havestue-stemning. Nyd bæredygtig kaffe, varm chokolade, dejlig the og hjemmebagte krummer.

TesseTeria: Mad med rod i kartoflen. Tilberedt med kærlig hånd af kvalitets råvarer og fokus på økologi. Udvalg af salater, delikatesser og gryderetter.

ØlBrikken: Hulehygge, bløde møbler, danske øl og whiskyvarme.

VinVærket: Her er du i sikre vinhænder -Smag på de udvalgte vine, spørg om vin, drøm om vin, vin, vin, vin ...lej et vinglas, smag og betal hvad du finder rimeligt for vinoplevelsen!

Til at få Husets cafe løbet i gang, mens jeg var højgravid og på barsel, havde jeg allieret mig med min bedste ven, Tjeneren og en af de gæve sønderjyder. Sønderjyden var også en af mine gode venner og han havde hjulpet mig meget med forskellige opgaver i Tjili Pop. Han havde sagt ja til at være køkkenchef og til at arrangere forskellige kunstudstillinger i Husets cafe. Det var jeg rigtig glad for og helt tryg ved. For han var god til at lave dejlig rustik mad og han interesserede sig for kunst, kendte forskellige kunstnere og lavede også selv billedkunst.

Min bedste ven havde jeg kendt lige siden jeg startede Tjili Pop. Han boede et par husnumre længere oppe ad Rantzausgade. Han kom tit og hang ud til fyraftenshvidvin og mere eller mindre dybe samtaler over bardisken. Han støttede og hjalp mig med meget i Tjili Pop regi. Han var vel nærmeste fast inventar – på den gode måde. Vi gik ofte ud og spiste på nye og gamle spisesteder i København og drøftede verdenssituationen i og omkring Tjili Pop, mens vi drak masser af vin og hyggede os.

Han havde sagt ja til at hjælpe mig med at holde det økonomiske overblik i Husets cafe og være min sparringspartner. Det var især i perioden, hvor jeg skulle på barsel, at han skulle sidde ved roret i Husets cafe. Derudover skulle han også hjælpe med diverse tekniske ting.

Aftalen var at Tjeneren og Sønderjyden skulle arbejde fast i cafeen. Min bedste ven, der allerede havde et fuldtidsjob, skulle hjælpe efter behov, når han havde tid. Vi skulle alle sammen sparke røv i opstartsfasen. Få cafeen godt fra start, så den kunne holde kursen og køre sikkert og stabilt derudad, mens jeg var på barsel. Personalet fra Tjili Pop kunne få ekstra vagter i Husets Cafe. Det ville være perfekt. Vi kendte jo alle hinanden og var vant til at arbejde sammen. Jeg ville også gerne give dem mulighed for at komme med ideer og være med til at gøre Husets cafe til et levende, kreativt og rart sted.

Med mine gode venners opbakning og den lovede indsats, virkede min strategi for at kunne drive tre cafeer og samtidig blive mor for første gang overskuelig og god. Alle virkede glade og fyldte med gå på mod og opbakning. Vi var klar til at indtage Husets cafe. Min bedste ven, Sønderjyden, Tjeneren og jeg holdt gode og konstruktive møder præget af kampgejst og sammenhold om at få pustet liv i Husets cafe med Tjili Pop på sidelinjen. Vi gjorde ikke meget ud af at skrive samarbejdsaftaler og andet ned på papirer, som skulle underskrives. Vi var alle gode venner. Vi havde lavet mange forskellige ting sammen og havde haft vores ups and downs, som vi havde overlevet. Min revisor mente dog at det var vigtigt at få lavet skriftlige aftaler. Især når det handlede om at kombinere venskaber og virksomhed. Han advarede om, at det kunne gå så grueligt galt uden. Det havde han desværre set mange eksempler på. Det gjorde han for at hjælpe mig, så jeg ikke kom til at sidde alene tilbage med ansvaret og regningerne, hvis mine venner mistede interessen. Jeg tænkte, at det var sødt af ham at advare mig, men i sidste ende var det jo mig, der havde underskrevet forpagtningsaftalen og dermed min cafe, mit ansvar. Det kunne da godt være at andre ikke kunne finde ud af at kombinere venskab og virksomhed, men sådan var det ikke for mig og mine gode venner. Jeg havde stor tillid til, at vi nok skulle lykkes med at få gjort Husets cafe til en succes. Vi kendte hinanden og havde allerede en masse erfaringer med os fra Tjili Pop.

Jeg havde den bedste mavefornemmelse. Jeg var så spændt og stolt og sikker på, at min plan var perfekt. Det ville blive så hyggeligt, sjovt og hårdt på den gode måde. Jeg havde lavet opskriften på succes. Det kunne ikke gå galt!

*

Vinværket

Jeg havde fået ideen til Vinværket på weekendtur til Berlin sammen med en af mine gode veninder. Vi skulle besøge en fælles ven, der var flyttet dertil for at bo og leve i en periode. Han præsenterede os for en superskøn vinbar. Et lille hyggeligt kælderlokale indrettet med genbrugsmøbler og spøjse "pynte" ting og sager. Stedet var svært at finde, men til trods for det virkede det meget populært. Konceptet var at man lejede et vinglas. Det kostede en euro. Så var der tre slags hvide og tre slags røde vine man kunne smage på - lige så meget man ville. Den dag vi besøgte stedet, var det også muligt at købe en dagens ret til aftensmad. Vinbaren åbnede en halv time senere end den annoncerede åbningstid og bartenderen medbragte dagens ret i en stor gryde på passagersædet i sin bil. Pyt med den afslappede åbningstid, vejret var dejligt sensommeragtigt og vi havde en tilbagelænet feriestemning i vores kroppe. Vi havde en skøn aften på denne lille hyggelige vinbar. Det var ligesom at være hjemme til hyggefest hos en, man ikke kender. Vi startede med at betale for at leje af et vinglas hver og så spiste og drak vi alt, hvad vi kunne og havde lyst til. Konceptet gik så ud på, at man betalte det beløb, man syntes oplevelsen var værd, når man gik. Jeg tror det var en god forretning. Vi betalte i hvert fald et yderst generøs beløb sammenlignet med hvad vinen og maden havde kostet på en almindelig cafe med faste priser i

Berlin. Jeg var straks fascineret af dette koncept. Det byggede på gensidig tillid og forståelse for at skabe en god oplevelse med behageligt serviceniveau. Det kræver, at restauratøren gør sig umage for at gøre sin restauration et rentabelt besøg værd og at gæsten gør sig umage med at være i nuet og fokusere på den indsats, der bliver gjort for at levere en god oplevelse.

Jeg glædede mig meget til at få gang i Vinværket i Husets cafe. Det var imidlertid som om danskerne ikke helt forstod konceptet. De ville gerne have en fast pris at forholde sig til. De kunne ikke forstå, at de selv skulle fastsætte prisen. Jeg tror konceptet afskrækkede de fleste gæster og gjorde dem usikre, for ingen ville betale for meget eller for lidt. Det blev i hvert fald ikke det store trækplaster, jeg havde forventet.

Jeg havde ellers allieret mig med Tjeneren. Han skulle hjælpe med at få Vinværket godt fra start. Han vidste en masse om vin, var meget service minded og professionel. Så jeg var sikker på, at han kunne give gæsterne en rigtig god vinoplevelse i Vinværket. Jeg havde kendt Tjeneren lige siden jeg startede Juice Bazar, som jo så siden blev til Tjili Pop. Vi gik indimellem i byen sammen, eftersom vi ofte havde fri, når andre ikke gik ud. Jeg husker en søndag aften, hvor jeg bare trængte til at komme ud og opleve noget andet end Rantzausgade. Jeg spurgte derfor Tjeneren om han ville med i byen. Han sad allerede på en af byens fine restauranter med nogle kollegaer og sagde at jeg var meget velkommen til at crashe deres aftenhygge. Det lød hyggeligt. Det ville jeg gerne.

Folk der arbejder i restaurationsbranchen, er stort set altid godt selskab og sjove at være i byen med. Da jeg ankom til den fine restaurant, blev der disket op med dejlig mad og selvfølgelig noget at drikke. Der blev serveret udsøgte vine i fine vinglas, så man ikke kunne se flasken og den etikette. Tjeneren og hans venner havde gang i en vinsmagnings-konkurrence. Så der blev med stor koncentration smagt på vinen og smagt lidt igen og herefter kom de hver især med deres bud på druen, årgang, producent osv... og ve ham der ikke havde minimum af et rigtigt svar. Vedkommende blev hånet og skulle tage x antal armbøjninger. Jeg havde fra starten meldt mig ud af konkurrencen. Jeg vidste godt, at jeg var oppe mod eliten, og at det mest rigtige jeg kunne bidrage til konkurrencen med, var om vinen var hvid, rose eller rød. Det behøvede Tjeneren og hans vinvenner åbenlyst ikke hjælp til. Jeg havde en skøn aften på den fine restaurant i det opmærksomme og rare selskab som de professionelle branchefolk udgjorde - selv på deres friaften. Jeg viste min tak for den skønne aften på den fine restaurant ved at vise selskabet over i den anden grøft. Nu havde vi fået nok fin vin. Jeg præsenterede dem derfor for et af mine yndlingsværtshuse i København: Galatheakroen. Her fik vi håndbajere og peanuts til skrattende toner fra de vinylpladerne, der blev spillet i baren. Det var en dejlig aften i selskab med Tjeneren og hans venner, der både kunne lide fin vin og håndbajere.

Galleri på tværs

En måned efter jeg havde åbnet Husets cafe fik min bedste ven og Sønderjyden pludselig den "gode" ide, at de ville åbne et galleri på Østerbro. Hvor kom den ide lige fra? Det havde jeg overhovedet ikke set komme eller hørt noget om. Jeg vil gerne støtte dem i at realisere deres ide. Ligesom de støttede og hjalp mig. Men det var svært. For jeg følte, de svigtede mig og vores plan for Husets cafe og at jeg svigtede dem. Fordi jeg, som situationen var, ikke havde overskud til at tilbyde min hjælp til dem og deres galleri. De brugte selvfølgelig en del tid på at sætte det lokale de havde lejet til Galleriet, i stand og på hvad det ellers kræver for at åbne og drive et galleri.

Den fredag galleriet åbnede var vi alle inviteret til åbningsfest. Den dag var det også tredje dag Tjeneren brændte mig af. Han mødte simpelthen ikke op i Husets cafe og tog de vagter, han havde sagt ja til. Han blev bare væk og tog ikke sin telefon. Han forklarede senere, at det var fordi han var kommet galt af sted med en af sine fingre. Derfor kunne han vel godt have ringet og givet besked om den ulykkelige situation, tænkte jeg.

Jeg havde ikke held til at finde en afløser, der kunne komme og passe baren "her og nu" sådan en fredag aften, så jeg kunne komme til mine venners fernisering. Jeg måtte blive i Husets cafe og leve op til mit ansvar

som forpagter og selv passe baren, gravid i syvende må-
ned. Jeg stod tung og træt i en mennesketom og kedelig
forretning og undrede mig over, hvor det store flow af
Husets øvrige gæster og brugere var. Jeg havde fået at
vide at der kom cirka 100 personer igennem Husets cafe
på en almindelig dag -100 potentielle kunder, hvor var
de? Ja jeg vidste jo godt, hvor alle dem jeg kendte var.
De var til fernisering og fest. Selvfølgelig ville jeg gerne
selv have været med og dermed vise min opbakning til
deres galleri. Også selvom jeg følte, de stak mig en smule
i ryggen. Fordi deres opmærksomhed nu var rettet mod
galleriet i stedet for Husets cafe.

Normalt kan jeg rigtig godt lide at arbejde bag baren,
hygge med gæsterne, have travlt, styre festen med mu-
sik og yde god service. Jeg syntes bare ikke det gav et
passende billede af mig og min forretning, at jeg stod der
bag baren og serverede øl, mens jeg var synligt gravid
på en festlig fredag aften i indre København.

Denne trælse fredag aften var der også problemer med
kloakken ved gæstetoiletterne. Det betød, at det stank
lidt af kloak i hele cafeen. Ud på aftenen løb toiletterne
så over med vand –rent, tror jeg! Der strømmede vand
ud fra toiletlokalet og ned ad trappen til indgangspar-
tiet.

Jeg prøvede at finde en person på en af de andre etager
i den store bygning, som kunne hjælpe med at standse
vandfaldet, men uden held. Jeg fik dog ringet og lagt en

besked om den begyndende oversvømmelse hos ham, der havde tilkaldevagten.

Oversvømmelsen ville have været piece of cake i Tjili Pop, som jeg kendte som min egen bukselomme. Her ville jeg bare have lukket for vandet med et snuptag. I Huset var det til gengæld helt uoverskueligt, fordi det hele var så nyt for mig. Jeg viste ikke, hvor noget var. Så jeg lavede nogle dæmninger af viskestykker, lukkede og slukkede cafeen og gik trist, frustreret, ensom og modløs hjem.

Jeg følte mig fanget i min gravide krop med de begrænsninger, den gav mig i forhold til at være fri til at arbejde og feste igennem. Jeg glædede mig til at blive mor og ville gøre alt for at give mit barn en god start på livet. Derfor var det også ok at jeg måtte holde igen med arbejde og fest for at passe på mig selv, men det var svært, fordi jeg var så vant til at give max gas.

Havde jeg ikke været gravid og træt var jeg helt sikkert taget til ferniseringsfesten og festet frustrationen væk. Den totale trælse aften i Husets cafe ville være blevet en underholdende historie. Alle ville have vist forståelse og medfølelse og det hele ville ikke have føltes så ensomt og trist.

*

Goddag og farvel

Jeg besluttede mig for at sætte salget af Tjili Pop i bero. Det skulle give mig en pause midt i opstart af Husets cafe, udvidelse af Tjili Pop med nabolokalet og min graviditet. En pause fra ikke at vide om jeg eller nærmere Tjili Pop var købt eller solgt. Jeg var glad for min beslutning. Selvom jeg havde gang i en masse ting, gav det mig en ekstra uro, at jeg havde sat Tjili Pop til salg. Jeg havde sluppet tøjlerne lidt og ventede på at en anden ville komme og overtage. Men hvor længe skulle jeg vente? Det gav derfor en rar ro, at jeg besluttede at tage at godt fat i tøjlerne igen og dermed få kontrollen over Tjili Pop's og min egen fremtid.

Ligesom jeg havde vænnet mig til min beslutning om at beholde Tjili Pop meldte der sig selvfølgelig en mulig køber. Han ville gerne køre cafeen videre i samme ånd og stil. Det var jeg selvfølgelig rigtig glad for. Vi forhandlede os frem til en pris, vi begge syntes var ok. Han slog til, ville gerne købe Tjili Pop. Jeg sagde ja tak til tilbuddet. Så var den handel i hus! Eller næsten - for de nærmere detaljer skulle aftales og papirer underskrives. I handlen indgik også nabolokalet, som stadig ventede på at få godkendelse til køkken-indretningen af Københavns kommune. Han fik også tilbudt at overtage min lille lejelejlighed ovenpå Tjili Pop, da jeg var flyttet sammen med min kæreste i hans lejlighed, der lå i en sidegade til Rantzausgade.

Hjælp! Så blev det pludselig virkeligt, hvad f..... havde jeg egentlig gang i. Jeg var ved at slutte dette helt fanta-stiske kapitel af mit liv, jeg havde haft med Tjili Pop. Jeg var nærmest i chok. På den ene side var jeg ked af, at jeg skulle give slip på Tjili Pop og lade en fremmed mand overtage tøjlerne. På den anden side var jeg også klar til at komme videre og få mulighed for at få nye og større udfordringer.

Jeg følte allerede at, jeg havde sluppet Tjili Pop en lille smule, fordi jeg brugte al min tid i Husets Cafe og derfor havde givet ansvaret for den daglige ledelse i Tjili Pop til en af de ansatte.

Salgskontrakten blev lavet, læst igennem, ændret og godkendt af mig og køber. Der blev aftalt en overtagel-ses dato, hvor kontrakten skulle underskrives og nøgler, varelager og mit "værk" og nærmest min identitet skulle overdrages til den fremmede mand.

Min plan var at, jeg ville invitere alle venner af Tjili Pop og mig til farvelfest aftenen inden overdragelsen. Her skulle der drikkes sjatter, for det var aftalt, at den frem-mede mand kun overtog hele og ikke åbnede flasker, kasser og fustager. Så der var rig mulighed for, alle der ville komme og sige farvel, kunne farvel- feste uden at tørste.

Inden jeg nåede at smide bomben ved at fortælle om sal-get og invitere til farvelfest, udskød den fremmede mand overtagelses-datoen. Det blev den et par gange og til sidst havde jeg svært ved at tro på at salget ville blive en realitet. Det var super frustrerende. Jeg kendte ikke baggrunden for udsættelserne og følte, at jeg bare blev sat på stand by men jeg havde ikke tid og råd til at vente. Min termin var lige om hjørnet. Det kunne ikke gå hurtigt nok med at få gang i køkkenudvidelse og booke arrangementer for at være klar til efterårs- og vintersæsonen.

Til sidst meldte jeg ud at enten var det nu eller aldrig... Og så gik fødslen i gang. Min lille dejlige søn kom til verden.

Fire dage efter jeg havde født, fik jeg at vide, at den fremmede mand nu var klar til at overtage Tjili Pop. Det skulle så være "i morgen". Det var bare underskrifter og formaliteter, der skulle ordnes og at det ville tage cirka to timer.

Jeg fik min svigermor og svigerinde til at komme og passe min lille søn de par timer, jeg ville være væk. Så jeg kunne koncentrere mig om salget og herefter skynde mig hjem igen til min ultranye virkelighed som nybagt mor.

Salgsoverdragelsen blev en meget underlig oplevelse. Jeg var helt zombieagtig, fjern, sart med svedeture og stadig rundt på gulvet efter fødselsoplevelsen. Det hele tog dobbelt så lang tid som forventet, men det var jo også vigtigt at have alle detaljer på plads. Til sidst, da der blev sået tvivl om hvem, der skulle have musikanlægget – som var mit og som jeg skulle bruge i Husets cafe, men som den fremmede mand troede han skulle overtage – havde jeg svært ved at opretholde en vis distance til mit sarte fødselshormonelle indre. Jeg gik næsten op i limningen og talte meget højt for at dække over, at jeg var lige ved at tude. Jeg havde mest lyst til at råbe, at så kunne det f..... også være lige meget med den handel, at mine bryster var ved at eksplodere, at nu skulle jeg bare hjem til min søn, at der var blevet sagt to timer og nu var der gået fem!!!!

Jeg følte mig ussel og splittet, for hvad f..... var jeg også for en mor, som havde forladt min fem dage gamle søn for at sælge en forretning? og hvad f..... var jeg også for en svigtende afslutter, der ikke kunne bruge de sølle par timer på at tage god og ordentlig afsked med den forretning, der havde været mit liv i otte år?

Jeg tror den fremmede mand mærkede, hvor presset jeg var. Han gav sig. Jeg fik lov til at beholde mit musikanlæg og vi kunne lukke handlen.

Det var så det! Jeg havde sagt farvel til Tjili Pop, som havde sagt goddag til den fremmede mand. Nu var det officielt hans cafe. Inden jeg havde fået sagt tak for handlen og farvel til den fremmede mand og Tjili Pop for at gå hjem til min søn og min nye virkelighed, begyndte den fremmede mands venner at ankomme. De havde gaver og blomster med og lykønskede ham med hans nye cafe, glade og nysgerrige kiggede de rundt i alle kroge og hjørner. De havde alle travlt med den nye cafeejer og hans nye cafe. Ingen sagde noget til mig. Det var virkelig underligt sådan at føle mig udenfor og ignoreret i mit eget eventyr. Jeg skyndte mig at underskrive de sidste papirer og aflevere nøglen og forlade den velkomstfest, jeg ikke var inviteret til. Jeg var trist og ærgerlig over ikke at få mulighed for at holde den farvelfest, jeg havde planlagt. Den skulle have afsluttet min rejse med Tjili Pop med maner.

Jeg var helt rundt på gulvet efter den pludselige, ekstremt hurtige overdragelse af Tjili Pop, som skete samtidig med, at jeg var blevet nybagt mor. Jeg fik derfor ikke fortalt min venner og Tjili Pops stamgæster, at jeg havde solgt vores fælles dagligstue til den fremmede mand. Jeg skammer mig over, at de skulle få det at vide ved, at der stod en anden bag baren. Salget havde trukket ud og gik så pludselig så hurtigt, at jeg ikke engang selv nåede at opfatte det. Så hvordan skulle jeg kunne sprede nyheden endnu hurtigere. Sociale medier var ikke en mulighed, for de fandtes endnu ikke.

Jeg tror en del af vennerne følte at, jeg havde svigtet og pisset på dem. Det kan jeg godt forstå, men det var i hvert fald ikke min mening. Jeg holdt meget af de venskaber, jeg havde fået i og omkring Tjili Pop. Med min pludselige og trælse exit fra Tjili Pop løb mange af venskaberne ulykkeligvis ud i sandet. Med Tjili Pop havde jeg fået realiseret min drøm om at skabe en fælles dagligstue a la en engelsk pub. Det var jeg rigtig glad og stolt over. Det var virkelig svært at give slip og sige farvel.

Men det var også tid til at komme videre og starte et nyt
kapitel.

*

Fra sidelinjen

Jeg ville gerne give mig selv og min søn en rolig start og derfor gerne holde barsel. Der var ikke en rigtig barselsordning for selvstændige, men jeg kunne få sygedagpenge i barselsperioden. Den mulighed valgte jeg at benytte. Trods salget af Tjili Pop ville min økonomi blive super presset, hvis jeg både skulle betale min egen barsel og løn til andre for de alle de timer, jeg ikke selv kunne arbejde. At jeg sagde ja til at holde barsel på det offentliges regning, betød at jeg samtidig sagde nej til at arbejde. Jeg vil påstå, at det er næsten umuligt at undgå arbejde 100% i en længere periode, når man driver sin egen virksomhed. Det kan f.eks. være svært at vide, hvem der ringer, før man har svaret på et telefonopkald. Måske har man ikke en fortrolig medarbejder man vil overlade bankforretninger til. Her tænker jeg på bl.a. på at overlade vedkommende kreditkort og adgang til bankkonti.

Jeg forstod selvfølgelig godt, at jeg fik pengene af det offentlige for at være på barsel, ikke for at arbejde. Men det var virkelig svært at skulle parkere min virksomhed og overlade arbejdet til andre. Jeg havde det som om, jeg var blevet skiftet ud mit i en vigtig kamp. Nu stod jeg og så på den fra sidelinjen. Jeg nød at gå tur med sønnike i barnevognen. Turen gik næsten dagligt ind til Husets cafe, hvor jeg drak kaffe, snakkede med caférnedarbejderne og blev opdateret på hvordan det stod til. Det var rart, at jeg på den måde stadig kunne følge lidt med, men også virkelig frustrerende at jeg ikke selv kunne kaste mig ind i kampen. Fordi jeg stod på sidelinjen.

Jeg havde ikke længere den store støtte og hjælp fra Tjeneren, Sønderjyden og min bedste ven, som alle mere eller mindre havde mistet interessen for at holde fast i vores plan om at få Husets cafe løbet godt i gang. Jeg var nu ikke helt alene i Husets cafe. Jeg fik hjælp fra de søde og rare cafémedarbejdere, jeg havde ansat. De gjorde hvad de kunne for at gøre Husets cafe til et rart sted at være. Både for dem selv som ansatte og især for de gæster der kom. Trods den gode indsats var det, når alt kom til alt, "bare" et job for dem. De ville gerne tjene nogen penge. Det var jeg helt med på. Sådan havde jeg jo også selv haft det med de jobs, jeg havde haft. For mig var Husets cafe mere end et bare et job. Det var et værk, jeg var ved at skabe. Mens jeg var på barsel, blev det tydeligt for mig, at det ikke var nok med søde, rare og arbejdsomme cafémedarbejdere for at få pustet liv i Husets cafe. Det hele var stadig i opstartsfasen. Der var behov for, at nogen kunne vise vejen. Jeg kendte vejen og vidste hvor jeg ville hen med Husets cafe, men jeg må nok erkende, at mine evner som leder blev udfordret. Jeg var vant til at løbe foran og vise vejen. Nu stod jeg på sidelinjen og forsøgte at fortælle andre hvilken vej de skulle gå. Det var svært. Det var nok ikke rigtig gået op for mig, at min rolle som leder havde ændret sig, at den derfor skulle spilles på en anden måde. I og med at jeg ikke formåede at forklare de andre i Husets cafe højt og tydeligt, hvilken vej de skulle løbe, mistede jeg tilliden til, at der var andre end mig selv der kunne løse opgaven med vejvisningen. Jeg tænkte, at hvis jeg skulle skabe en lige så stor succes i Husets cafe, som jeg havde fået med Tjili Pop i Rantzausgade, krævede det, at jeg selv kunne være til stede. Så jeg kunne tage ansvar, være kaptajn og vise vejen.

Jeg valgte derfor at stoppe med at være på barsel efter fire måneder, så jeg igen kunne komme ind i kampen. Jeg havde indimellem min søn med på job og har også siddet og forsøgt at amme diskret ved mere og mindre formelle forretningsmøder. Det syntes jeg ikke var optimalt. Det blev en akavet måde at prøve at få de to vidt forskellige verdener til at mødes på. Selvom min søn var god til at sove, spise og nem at have med, var han jo et rigtigt levende menneske og ikke bare et nyt projekt som jeg kunne åbne og lukke efter behov. Så det var stadig begrænset hvilket og hvor meget arbejde jeg kunne lave. Jeg forsøgte at leve op til at være den gode mor, jeg gerne ville være og være der 100% for min dejlige søn. Samtidig forsøgte jeg også at have 100% fokus på Husets cafe og på at realisere de drømme, mål og det koncept, jeg havde lagt for cafeen og som jeg havde så mange forventninger til.

Selv om jeg havde masser af mod og vilje havde jeg ikke 200% jeg kunne dele ud af. Jeg havde kun 100% ligesom alle andre mennesker. Jeg følte simpelthen ikke at jeg slog til. Jeg kunne ikke, hvor end jeg gerne ville, løse begge opgaver og følelsen af utilstrækkelighed var et helvede.

Jeg kunne ikke kaste håndklædet i ringen og give op i Husets cafe. Jeg havde jo skrevet under på og dermed indvilliget i at have et års uopsigelighed. Det betød, at jeg ikke kunne komme ud af aftalen på en fornuftig måde det første år. Jeg var spundet ind i juridisk spind. Det havde jeg selv, trods forsøg på at undvige, til sidst accepteret. Jeg måtte bare kæmpe videre så godt jeg kunne.

*

Søndagsbrunch

Jeg havde sagt ja til at lave et samarbejde med Husets administration om at afholde en række arrangementer med gratis underholdning for børn og deres voksne i Husets cafe. Jeg syntes det lød som en rigtig god ide og som en mulighed for at åbne Husets cafe for en ny målgruppe. Arrangementerne skulle foregå i cafeen søndage kl. 10-14. Det var en af medarbejderne fra Husets administration, der stod for booking af kunstnerne, markedsføring og fundraising. Husets cafe skulle så stå for afvikling af arrangementerne samt sørge for at der var brunch, som gæsterne kunne købe.

Gæsterne kunne ikke reservere bord. Vi valgte at køre efter "først til mølle princippet". På det tidspunkt fandtes der ikke gode og nemme løsninger til online booking. Det betød at gæsterne ville skulle ringe til cafeen, hvis vi havde bordreservation til brunchbuffeten. Jeg var imidlertid usikker på om cafémedarbejderne kunne holde styr på de reservationer, der ville komme i løbet af ugen. De kunne måske glemme at skrive dem ned, hvis de var midt i noget andet. Der kunne også være sprogvanskeligheder (nogle af de ansatte var fra Norge, Sverige, England og Congo). På den baggrund valgte jeg bordreservation fra. Set i bagklogskabens klare lys, ville alle havde nok været bedre stillet hvis bordreservation havde været en mulighed, der havde fungeret.

Arrangementerne blev et tilløbsstykke. Folk stod i kø langt ned ad gaden for at komme ind og få pladser til brunchbuffet og under-holdning. Når vi åbnede dørene, løb de ind for at kapre pladser. Det føltes som det vilde western.

Alle gæsterne ragede mad og drikke til sig for at få fuld valuta for de penge, de skulle betale hvis de ville have brunchbuffet. Køkkenet havde svært ved at følge med og fylde buffeten op, når fadene var tomme. Hvis gæsterne først havde oplevet at gå forgæves efter pandekager eller andre lækkerier en gang, tog de dobbelt portion næste gang, de kom forbi. Det var utroligt så meget mad vi smed ud, når gæsterne havde forladt Husets cafe. Der var halvfyldte tallerkner overalt – ærgerligt at nogle gik forgæves og sultne fra "festen", når andre efterlod masser af mad.

Buffet var dog den eneste mulighed for at bespise de mange gæster på de knap to timer der var, inden underholdningen startede. Efter underholdningen sivede alle de opkogte børn og deres forældre videre ud i byens søndagsstemning og friske luft. Jeg havde egentlig regnet med, at der efter underholdningen ville være en anden - seating, hvor de større børn og deres voksne, der havde sovet længere end småbørnsfamilierne, kunne spise brunch og hygge sig. Det blev der imidlertid ikke noget af. Efter det kaotiske brunchhelvede og underholdningen, ville gæsterne bare ud og væk fra den klemte og kaotiske stemning.

Jeg havde ikke i min vildeste fantasi forestillet mig, at der ville komme så mange mennesker til børnearrangementerne. Derfor havde jeg planlagt at brunchen skulle være så hjemmelavet så muligt med hjemmebagt brød og pandekager. Jeg havde forestillet mig en hyggelig tilbagelænet søndagsstemning med børnehygge, avislæsning, kaffeduft og at gæsterne og personale ville få en rigtig rar søndag formiddag. Den første søndag var det også sådan, der var linet op i cafeen, men der kom mange flere end forventet. Så der var ikke mad nok og en del gæster fik ikke den oplevelse, de kom efter.

Min ide var at der udover brunchen og underholdningen også skulle være en "børnebazar". Det skulle fungere således, at den ene ende af cafelokalet blev opdelt i ca. ti stadepladser, hvor der kunne sælge brugskunst og design til børn og voksne. Så kunne de voksne shoppe lækre ting eller læse avis, mens børnene blev underholdt på højeste plan med musik, teater eller magi.

Der var ca. seks boder den første gang. De var indrettet og dekoreret superfint. Det lille markedshjørne så rigtig bazaragtigt ud med farvestrålende sager i et bredt udvalg. Desværre var der ikke den store interesse for standende fra gæsterne. Det virkede som om de havde skyklapper på. De havde bare så travlt med at komme først, få siddepladser, brunch og gratis underholdning og så af sted igen.

Søndagen efter måtte bazarhjørnet lade livet til fordel for endnu flere siddepladser. Der blev lavet tre gange så meget mad. Nu var Husets cafe klar til det helt store ryk ind. Men ak der kom endnu flere gæster. Ikke alle var begejstret for at der også denne gang kom til at mangle pladser og mad. Jeg kunne sagtens forstå deres frustration. For selvfølgelig var det rigtig træls at stå der som søndagstrætte forældre med lille Birger og Mona og have set frem til brunch og underholdning. Og at man så ikke kan få en siddeplads, noget at spise og at stedet er mere proppet end Tivoli på en solskinsdag i højsæsonen. JA tak! Jeg kunne så godt forstå gæsternes frustrationer, men jeg blev også overrasket over den manglende forståelse for vores succesproblem. Jeg ønskede for alt i verden at alle fik en rigtig rar dag, at de havde et sted at sidde, blev mætte og godt underholdt. Det var jo mit og Husets cafes gode ry og rygte, der fik tæsk for de dårlige oplevelser.

De første søndage med familiearrangementerne var jeg stadig på barsel. Jeg kunne derfor bare se frustreret til fra sidelinjen. Jeg tog min søn med for at hygge til de første arrangementer og for at se hvordan de forløb. Desværre var det slet ikke hyggeligt. Det hele sejlede. Personalet havde tømmermænd og gæsterne var sure. Jeg stod der med min lille søn og kunne ikke kaste mig ind i kampen. Det var så pinligt. Jeg følte mig kvalt af afmagt og havde lyst til at tude. Jeg måtte bare ud, væk, forsvinde. Jeg tog min søn med i barnevognen og gik ud og rundt om hjørnet, bestilte en kop kaffe på en anden cafe og satte mig udenfor i efterårssolen, træt og trist.

Husets cafe druknede i succes disse søndage. Det var så absolut et helvede.

*

Gang i den

I Husets cafe var der plads til de store armbevægelser, jeg havde ønsket mig. Det betød, at jeg kunne lave flere arrangementer og events. Der var noget på plakaten næsten hver dag og det gav liv og gæster til Husets cafe. Ligesom i Tjili Pop var der skiftende udstillinger af kunst og koncerter med forskellige bands. Jeg havde fået Jazzmusikeren til at lave jazz jam hver torsdag i Husets cafe. Herudover forsøgte jeg mig også med "torvedag" med brugskunst, delikatesse marked, frokostjazz om lørdagen, "aften-shopping" hver tirsdag, hvor up-coming designere og kunsthåndværkere kunne sælge deres ting imens en DJ spillede lækker baggrundsmusik. Onsdag var der "åben scene" hvor alle, der havde mod på det, havde mulighed for at teste deres talent og/eller materiale. Det var en god måde at markedsføre stedet på ved løbende at fortælle om de forskellige navne og andet man kunne komme og opleve i Husets cafe. Det var skønt at få muligheden for at søsætte og teste de forskellige ideer og initiativer, men det var også en udfordring at afvikle de enkelte arrangementer, fordi stedet var så stort. Der kunne komme mellem 0 og 200 gæster til et arrangement. Det var aldrig til at vide, før det var i gang. Det var især hvis gæsterne også gerne ville spise, at det blev svært at styre – både i forhold til indkøb, forberedelse og vagtplan. I Tjili Pop havde det været noget nemmere, fordi der ikke var plads til så mange. Her var der for det meste en person på arbejde og så hjalp jeg eller stamgæsterne, hvis der blev meget travlt og behov for det.

Husets cafe var stadig i opstartsfasen. Der var endnu ikke rigtig noget mønster for hvornår der var gang i den. Jeg havde ikke mulighed for at være til stede på samme måde, som jeg havde været i Tjili Pop og der var endnu ikke opbygget en hær af hjælpsomme stamgæster, der tilbød at træde til ved travlhed. Det gik fint med at få gang i kunstudstillingerne og koncerterne for her havde jeg erfaring og netværk med fra Tjili Pop. Mine forskellige markedsdage og initiativer var noget svære at danse med. De blev en ond cirkel. For at få gæster til at besøge markedsdagene krævede det, at der var nogle, der bookede stadeplads og solgte deres ting. Stadeholderne var afventende med at booke en stadeplads, for de ville først se om der kom gæster nok til, at de syntes det var det værd – men der kom jo ikke gæster, hvis der ikke var fyldte stadepladser… Så det krævede noget mere benarbejde fra min side, hvis jeg ville have gang i markedsdagene. Det ville jeg gerne. For jeg kunne virkelig se for mig, hvor godt det kunne blive. Så jeg måtte finde ud af at få vendt den onde cirkel til en god cirkel.

Det var rart at vi begyndte at få gang i Husets cafe. Der kom gæster, omtale og penge i kassen. Der var dog også mange bump på vejen, opstarts-bøvl og store udgifter til løn og husleje. Det havde på mange måder været en hård og uskøn kamp at få gang i Husets cafe, men jeg fornemmede, at vi var på rette vej.

*

hård og uskøn kamp at få gang i Husets cafe, men jeg fornemmede, at vi var på rette vej.

Over and out

Selvom der var ved at komme gang i Husets cafe og der kom penge i kassen, var det ikke nok til at dække de store udgifter til løn og huslejen. Omsætningen var slet ikke så stor som forventet. Jeg syntes ellers, at jeg havde være realistisk i mit budget omkring, hvor meget Husets cafe ville omsætte for. Jeg havde overlevet det første år som forpagter af Husets cafe, men det var mere på trods end på medvind. Selvom jeg havde fået en god pris for Tjili Pop var der ikke meget tilbage efter at skattefar og banken havde taget deres del og Husets cafe krævede resten og mere til. Jeg var kommet bagud med betalingen af huslejen for Husets cafe og fik at vide, at hvis ikke Københavns kommune fik det, jeg skyldte i husleje "i morgen", så ville min tid som forpagter af Husets cafe stoppe - straks. Jeg kontaktede derfor min bank. De lånte mig pengene, fordi de ligesom jeg kunne se at Husets cafe var på rette vej og at underskud nok skulle blive vendt til overskud. Jeg fik betalt huslejen og var så klar til at vise at jeg var kommet for at blive. Desværre fik Københavns kommune først pengene dagen efter "i morgen" og der var ikke noget at gøre. Det var for sent. Min tid som forpagter af Husets cafe var ovre. Jeg var dømt ude.

Jeg fik en uge til at tømme Husets cafe, så jeg kunne efterlade stedet som det var, da jeg overtog det. Jeg havde fået fyldt og indrettet det store sted med en masse møbler og andre gode ting og sager. Eftersom jeg ikke vidste, hvad jeg skulle gøre af det hele, valgte jeg at sælge ud. Jeg fandt derfor på at holde et "gratis eller næsten gratis" inventarudsalg i Husets cafe. For at markedsføre det sendte jeg en pressemeddelelse ud til et par udvalgte aviser.

Jeg havde tænkt mig stille og roligt at tage afsked med Husets cafe om morgenen inden inventarudsalget imens jeg drak kaffe og satte prisskilte på inventaret og inden jeg åbnede dørene og udsalget begyndte kl. 11:00. Jeg forestillede mig, at der så løbende ville komme folk forbi for at gøre gode kup og at jeg ind imellem kunderne kunne få ryddet op, pakket ned og gjort lidt rent. Inventarudsalget blev et kæmpe tilløbsstykke. Folk stod allerede i kø da jeg kom kl.9.30. De var bare så klar til at "hjælpe" mig med at få tømt cafeen, hvilket også var fint. Det var jo det, der var meningen med dagen, men det føltes bare så overvældende……

Jeg havde fået at vide, af en veninde, at Politiken havde skrevet om inventarudsalget på deres hjemmeside, sikkert ud fra den pressemeddelelse jeg havde sendt ud. Efter den store "succes" dagen var blevet, ville jeg lige med egne øjne se, hvad det var der var skrevet på politiken.dk. Jeg forestillede mig noget med en overskrift a la: Gratis Inventar. Så jeg fik et kæmpe chok da overskriften var: Forpagter fyret. Øv og føj hvor lød det grimt. Tænk at det var mig, det handlede om. Det gjorde i hvert fald ikke den snigende følelse af fiasko mindre.

Jeg var åbenbart den eneste, der troede at det hed sig, at jeg stoppede som forpagter efter fælles beslutning mellem mig og Husets administration. Jeg havde på denne baggrund gladelig givet et interview til en eller anden musik tv-kanal, der kom for at lave et indslag om inventarudsalget.

Jeg var egentlig glad for at jeg først så artiklen efter inventarudsalget og ikke vidste, at alle andre åbenbart vidste, at jeg var blevet fyret. Det havde været svært at holde humøret oppe og tage godt imod de mange søde og rare inventarudsalgs-gæster, hvis jeg samtidig skulle være fyldt med en følelse af skyld og skam over at være blevet smidt ud. Ingen af dem sagde noget om, at jeg var blevet fyret. Det kan også være at det var en bi-ting for dem. De kom jo for at gøre gode handler og kup – og det fik de.

I og med at Husets cafe nu var lukket og alle pengene brugt, kunne jeg ikke betale den sidste løn til cafémedarbejderne. Jeg informerede dem om situationen og om, at de kunne prøve at kontakte lønmodtagernes garantifond. Jeg var ked af at de på den måde blev indblandet i den trælse situation, men det var som det var og jeg tænkte at det mindste, jeg kunne gøre, var at guide dem videre.

Jeg havde en kæmpestor følelse af skyld og skam over, at jeg ikke havde kunnet levere varen og lykkes med at få gjort Husets cafe til en succes. Jeg havde indtil nu forsøgt at holde følelsen af fiasko på afstand. Jeg havde fokuseret på kampen, kæmpet for at komme ind i den igen, så jeg kunne realisere de drømme, mål og det koncept jeg havde lavet for cafeen. Nu hvor tæppet var revet væk, var der ikke længere noget at holde fast i. Jeg var i frit fald. Heldigvis var jeg ikke helt alene. Jeg havde min dejlige lille søn, min kæreste og min familie, der holdt mig oppe. Nogen havde sat et stort, fedt punktum for mig og min tid som cafeejer igennem otte år. Det havde været en skøn og skrækkelig tid hvor jeg havde grinet og grædt, fået hår på brystet og gjort en hulens masse erfaringer med livet som iværksætter og cafeejer. Det havde også været en vild tid, som jeg ikke ville have været foruden, men nu trængte jeg til at sunde mig, trække vejret dybt ned i maven og lade batterierne op, inden jeg skulle starte på en ny historie sammen med min lille familie.

*

Efterspil

Det kan godt være at jeg var blevet rig på erfaringer og oplevelser, men jeg var blevet fattig på penge. Min økonomi var helt i minus. Jeg var ikke gået konkurs, men min virksomhed var forlist. Jeg havde ikke længere mulighed for at tjene penge fordi jeg ikke havde nogen virksomhed og banken havde derfor lukket kassen i. Jeg havde ikke råd til at betale revisoren for at lave mit årsregnskab og skattefar tryllede derfor et beløb frem som de mente jeg skyldte dem – og det var skyhøjt! Kreditorerne sendte rykkere og trusler om RKI og møder i fogedretten. Jeg var i syv sind, for jeg vidste ikke, hvad jeg skulle stille op og hvordan jeg skulle betale regningerne, så jeg kunne afslutte det mareridt Husets cafe var endt med at blive. Jeg ville gerne afslutte de gode samarbejder, jeg havde haft med forskellige leverandører ved at betale de penge jeg skyldte og komme videre på en ordentlig måde – men hvordan?

Jeg undersøgte om jeg kunne sætte et punktum og komme videre ved at gå konkurs. Det viste sig at for at indgive en konkursbegæring skulle man stille en sikkerhed på ca. 30.000kr. Penge som skulle bruges til at betale for sagens omkostninger. Der var heller ingen af dem jeg skyldte penge som, var interesserede i at indgive konkursbegæringen. Jeg tror, de vidste at der ikke var mere at komme efter og hvis der havde været havde de fået det. Så at gå konkurs var ikke en mulighed - for det havde jeg ikke råd til!

Jeg tog derfor kontakt til Københavns erhvervsservice. Den erhvervskonsulent, jeg søgte rådgivning hos, foreslog, at jeg samlede alle de ubetalte regninger i en mappe og så søgte om gældssanering. Det var nu ikke helt så lige til at søge og få gældssanering, men det var umiddelbart min eneste mulighed for at komme af med gælden og få sat et punktum. Jeg ønskede mere end noget andet at få gælden ud af verden og blive fri for den hæmmende følelse af fiasko, der lå som en tung dyne over mig. Jeg fandt arbejdshandskerne frem og skaffede penge, så jeg kunne betale revisoren for at lave årsregnskabet og komme videre. Jeg fik gode fuldtidsjob, levede på et skrabet budget og fandt mig i at skattefar jog mig rundt i manegen. Mere end ti år og en gældssanering senere er jeg endelig fri fra gælden og følelsen af skyld og skam over ikke at lykkedes og svigte en masse mennesker. Hold k… det har været en hård og nedslidende kamp. Det er virkelig ikke noget jeg ønsker at andre skal opleve, hvis de på nogen måde kan undgå det. Det er derfor jeg også deler de mere trælse erfaringer fra mit liv som iværksætter og cafeejer. Jeg håber, at det kan hjælpe andre med at undgå at deres drøm ender som et mareridt. Jeg fortryder ikke, at jeg kastede mig ud i at blive iværksætter og cafeejer, slet ikke. Jeg ville dog ønske, at jeg havde satset lidt mindre på medvind og "at det hele nok skal gå" og haft større fokus på det økonomiske fundament og lyttet lidt mere til gode råd fra erfarne folk.

På den anden side, hvis jeg havde lyttet for meget til de mange velmenende og gode råd, var jeg nok aldrig kommet i gang – det ville jeg virkelig være ked af og ærgerlig over. For selvom realiseringen af mine cafe drømme endte som et mareridt var der også en del der lykkedes for mig. Jeg formåede at skabe den fælles dagligstue jeg drømte om og jeg mødte en masse skønne mennesker. Jeg følte mig levende, udlevede min drøm og beskæftigede mig med noget jeg brændte for og var passioneret omkring.

Det er først nu, hvor jeg endelig har fået betalt min del af gælden, at jeg kan sætte punktum. Det betyder at jeg kan få skuldrene ned og slippe følelsen af skyld og skam. Jeg kan trække vejret dybt ned i maven og igen føle mig fri. Fri til at give plads til at mindes alle de gode, sjove og lærerige oplevelser jeg har fået som iværksætter og cafeejer. Fri til igen at drømme om….